PORÉM, A MALA SEMPRE ESTEVE PRONTA

POEM.
A MAL A SEMPRE
ESTEVE PRONTA

Viviane Ferreira Santiago

PORÉM, A MALA SEMPRE ESTEVE PRONTA

© 2024 Viviane Ferreira Santiago (texto)
© 2024 Editora Reformatório e Telucazu Edições (edição)

Editores: Marcelo Nocelli e André Kondo
Revisão: Monahyr Campos e Natália Souza
Capa: Lilian Souza de Araújo
Diagramação: Telucazu

Dados Internacionais de Catalogação na Publicação (CIP) de acordo com ISBD

S235p   Santiago, Viviane Ferreira

          Porém, a mala sempre esteve pronta / Viviane
Ferreira Santiago. – Jundiaí : Telucazu Edições;
São Paulo: Editora Reformatório, 2024.
          140 p. ; 14cm x 21cm.

          ISBN: 978-65-86928-98-3

          1. Literatura brasileira. 2. Contos. I. Título.

2024-1533   CDD 869.8992301
                            CDU 821.134.3(81)-34

Elaborado por Vagner Rodolfo da Silva - CRB-8/9410

Índice para catálogo sistemático:
1. Literatura brasileira : Contos 869.8992301
2. Literatura brasileira : Contos 821.134.3(81)-34

1.ª edição, junho de 2024.

Esta obra contou com o apoio do Governo do Estado de São Paulo, por meio da Secretaria da Cultura, Economia e Indústria Criativas e o Programa de Ação Cultural – ProAC (Edital 18/2023).

Todos os direitos desta edição reservados à:

Editora Reformatório
www.reformatorio.com.br

Telucazu Edições
www.telucazu.com

*"Saiu da casa e olhou o céu. Choviam
estrelas. Lamentou aquilo, porque teria gostado
de ver um céu quieto. Ouviu o canto dos galos.
Sentiu a envoltura da noite cobrindo a terra.
A terra, "este vale de lágrimas".*
(in "Pedro Páramo")

SUMÁRIO

PREFÁCIO, *9*
TODOS OS HOMENS DO MUNDO, *15*
A IMPORTÂNCIA DAS BUZINAS, *19*
O CHORO DE DEUS, *23*
SEGREDOS DE FAMÍLIA, *27*
MUNCHAUSEN, *33*
FIM, *39*
ORFANDADES, *43*
HOMÓLOGAS, *47*
NA MORTE NÃO SE TOCA, *51*
PORÉM, A MALA SEMPRE ESTEVE PRONTA, *53*
QUEM TEM DOIS, TEM UM. QUEM TEM UM, NÃO TEM, *57*
FOI A PRIMEIRA VEZ QUE EU VI O MAR, *63*
A CARA DOS MENINOS MORTOS, *69*
A FILHA DO PADRE, *73*
O VENTRÍLOQUO, *77*
BIS IN IDEM, *83*
O CLUBE DO LIVRO, *87*
MÈRE AUX YEUX MARINS, *93*
A ÚLTIMA MÚSICA, *97*
SE TIVER SORTE, HÁ DE VIRAR SEREIA, *101*
100 GRAMAS DE SONHOS, *105*
ELVIRA, *109*
AFOGADOS, *113*
HISTÓRIAS PARA SE VIVER MAIS, *117*
A CASA DOS OUTROS, *121*
ESTE LADO PARA CIMA, *127*
FATORES DE EMERGÊNCIA, *131*
DESPEJO, *133*

PREFÁCIO

Foi em julho, dez anos atrás, que segurava pela primeira vez um menino recém-nascido, era a primeira criança e ao mesmo tempo o primeiro menino que carregava. Era mole, pequeno, amava tomar chás e chorava muito. Lembro de perguntar a nossa mãe o porquê de tanto choro e ela responder que ele queria ser amado, pois todos nós nascemos com essa vontade.

Na nossa família, mãe?

Não, filha. Em todas as famílias é assim.

Aprendi que meninas e meninos tinham essa espécie de busca feroz dentro de seus estômagos, por mais que na escrita de nossas vidas tudo nos afastaria no futuro do amor que buscamos, mas eu tinha dez anos e minha mãe não me contou essa parte.

Enquanto lia as páginas deste livro, que você está prestes a ler, senti que segurava meu irmão novamente e passei algumas noites sonhando com os personagens dos contos. Vi a mãe de um garotinho segurando a mala e indo embora de casa depois de lhe servir um bom prato com comida quente, deitei no gramado com um homem idoso no dia de seu aniversário, vi uma boneca com o rosto de criança e pude me ver pequena, quase minúscula, correndo pelas palavras ditas a cada menino e menina dessas histórias, que guardam em seus gritos tão silenciosos um barulho monstruoso.

Não acontece sempre de se ler um livro e ser visitada por ele, mas Viviane Santiago escreve de maneira a conseguir facilmente alcançar esse movimento dentro de nós. "Porém, a mala sempre esteve pronta" consegue com delicadeza apresentar contos com temas amargos e dolorosos. Um livro sobre famílias, parentalidade e como estamos em sociedade criando nossas crianças, pois esse é um compromisso coletivo, apesar de tudo. Porém, muito além desses grandes temas, ouvimos as crianças narrando diretamente seus dias, e qual foi a última vez que ouvimos essas vozes? Como é precioso e tocante ser adulta e ler contos que são em maioria narrados por crianças, especialmente pelos meninos.

Meninos que mesmo que sintam o peso da cobrança de uma masculinidade esmagadora, conseguem entender o que cabe dentro da lágrima, do que é feito um Deus ou uma tempestade. São mais do que bonecos de ferro que tudo aguentam, são na verdade em seu miolo o barro que nasceu já desmoronando. E nesse mundo parece que o sentir está a serviço da ribanceira.

Não chore, não sinta, não mostre que se importa.

É logo cedo que os meninos morrem dentro

de seus próprios corações. Adormecem em silêncio para que outro ser assuma o posto. As histórias que a escritora Viviane Santiago nos traz são como olhar dentro de um caleidoscópio dos momentos em que meninos, mães, meninas e pais se despedem da possibilidade de escrever uma outra história. Olhamos aqui pelas brechas que em nosso cotidiano passam despercebidas. Existe uma idade limite para tocarmos os sentimentos, é assim que funciona?

A morte começa com o nascer, pensamos que as crianças não sentem essa oração, mas elas sabem. Sabem sim. Corpo de criança também sabe que vida e morte são quase a mesma coisa. Esse livro planta uma questão em nossos estômagos: quando foi que esquecemos de ouvir as crianças que fomos e que inevitavelmente seremos, mesmo que adormecidas ou cheias de uma raiva não instrumentalizada pela penumbra dos dias?

Não é da alçada da ficção resolver, mas sim se ocupar em criar questões.

Esteja ciente de que este livro nos leva para a pergunta, e a pergunta é a liberdade em seu estado mais bruto.

Monique Malcher, escritora.

TODOS OS HOMENS DO MUNDO

Quando eu vi, a criança já estava na beirada da cama com a cara cheia de sangue e uma gosma esbranquiçada por todo o corpo. Bia, meio morta, meio viva, não disse nada. Acabaram-se os gritos e o choro depois que a menina saiu escorregando pelas suas coxas. A garota, que era quieta feito a mãe, ousou um chorinho breve para indicar que estava viva... Depois, o silêncio.

Bia ficou um tempo imóvel com as pernas abertas. Eu olhei minha irmã por dentro e senti vontade de percorrer o caminho que também existia em mim. Grande, de carnes e sangue brilhantes, preenchendo as pequenas poças.

Seria eu também feita de buracos no solo para acumular choros e fluidos? Quando olhei mais de perto, deu para ver algumas trilhas nas veias inchadas. Cada uma com nome próprio. Nome de homem. Nome de dor. Como se a parte íntima fosse um território invadido. Terra produtiva usurpada, sem nenhum respaldo ao seu legítimo direito à propriedade.

Bia pariu. E eu nem sabia que ela estava esperando neném. Não tinha barriga de mulher prenha. E nem tinha figura de mulher na Bia, que parecia criança nova, apesar de ser a mais velha das irmãs.

A mãe ficou da porta olhando, com sua cria caçula nos braços. Não parecia sentir pena da Bia, que ficou feito bicho, uivando de tanta dor na hora que a criança apontou na beirada dos seus meios.

— Ajuda a Bia, mãe!

— Já nasceu? Olha se é menina.

— É menina.

A mãe foi engolindo o choro e saindo. Sacolejando a caçula nos braços, mesmo a criança já estando dormindo, num sacolejar infinito para que permanecesse calada e não se intrometesse na sua fome, sua sede, sua ânsia, no desespero que uma mulher sente no peito ao ver sua outra menina, a mais velha, aos doze anos de idade, parindo.

A mãe olhou e não quis dar, sequer, a mão para Bia em gesto de piedade, esquecendo-se que também já lhe rasgaram por dentro, já lhe dilaceraram, e que dela também já saíram vidas.

Depois que eu enxerguei o universo de dentro da intimidade da Bia, senti pena daquela que nasceu e permaneceu ali, nua, na beirada da cama. Ensanguentada e confusa sobre o que era tudo aquilo, ou o que era aquilo que parecia tão pouco. Nasce-se e nem se ganha um olhar ou uma palavra de boas-vindas.

Um nome de mulher para consagrar as dores e incertezas vindouras.

Enrolei no lençol e sacudi a criança quieta. Sacolejei para que ela não se atrevesse a gritar mais alto do que a Bia, que pariu aos doze anos uma menina que tinha a cara do nosso pai, que, dentro da nossa casa, se fazia todos os homens do mundo.

A IMPORTÂNCIA DAS BUZINAS

Seu Otávio levava por dia 37 crianças para a escola na perua escolar, que já estava tão cansada quanto ele. De uns dias para cá, andava esquecendo o nome dos meninos e meninas que já conhecia há anos, e mesmo assim, vez ou outra, falhava o endereço e esquecia de buscar algum. Logo, a mãe ligava, desesperada:

— Seu Otávio, já está atrasado, o senhor não esqueceu de nós, não, né?

Ele, então, retornava com a desculpa ensaiada na ponta da língua.

— Acidente feio na parte do Centro, minha filha. O trânsito está todo parado por lá.

Os clientes do transporte iam rareando. Em menos de oito meses foram doze os que migraram para a concorrência. E os que permaneciam, o faziam por pena ou lealdade pelos anos de bons serviços prestados.

Seu Otávio passou a distribuir, nas sextas-feiras, bolacha e suco para as crianças, numa tentativa fracassada de fidelizar os poucos clientes que restavam.

Já estava difícil continuar a ser pontual no pagamento do salário do auxiliar de condução infantil, que manejava os pequenos em seus lugares, atava os cintos e os entregava nas mãos dos responsáveis ao chegarem na escola e em suas casas. Uma função indispensável, tanto quanto a do condutor.

Uma semana e meia de atraso no pagamento de Tenório, que em represália, faltou por dois dias seguidos ao trabalho. E seu Otávio, que completaria setenta anos no mês seguinte, mas dizia ser sessenta e cinco, passou a exercer as duas funções no trajeto, em dias de retaliação.

A cada parada estacionava, descia e pegava a criança pelas mãos. Olhava para os dois lados antes de atravessar. Enfiava o menino na van, o atava à poltrona, descia e entrava na cabine sem se esquecer nunca da buzinada para a mãe.

O ato de buzinar em cada retirada era como uma afirmação: "Fique tranquila! Seu filho está em boas mãos".

E assim os dias seguiam. Tenório quase não aparecia para trabalhar, e o seu Otávio já ia se acostumando com o acúmulo das funções.

Estacionava o veículo, descia e pegava a criança pelas mãos. Enfiava o menino na van, descia e entrava na cabine sem se esquecer nunca de dar uma buzinada para a mãe.

Estacionava o veículo, descia e pegava a criança pelas mãos. Atravessava a rua correndo, pois esquecera da pequena Júlia da rua Sete. Enfiava a menina na van, descia e entrava na cabine sem nunca esquecer de dar uma buzinada para a mãe, que ficava de olhar comprido no portão.

Estacionava o veículo, descia e pegava a criança pelas mãos. Atravessava a rua correndo, enfiava a criança na van, descia e entrava na cabine.

Era dia do aniversário do seu Otávio. Provavelmente, os filhos que nunca apareciam viriam à noite para um jantar. Um bolinho escondido na parte de baixo da geladeira, delatou, ainda pela manhã, a surpresa indesejada. Passivo, seguiu, sempre pronto a fingir contentamentos.

À tarde, devolvia cada criança aos braços da mãe, pai ou avó, na sequência inversa de ações.

No fim do dia, após cumprir toda a esgotante demanda diária, olhou para trás, numa conferência habitual de que tudo estivesse certo. Notou ao fundo o pequeno Benjamim, a mais jovem das crianças, com pouco menos de dois anos. Ele dormia, sereno. Pela coloração, há horas. Sem batimento, sem nenhuma reação. Seu Otávio se levantou e o olhou de perto, assimilando a tragédia. Depois, devastado, retornou à cabine e dirigiu até um antigo campo de futebol abandonado.

Lá, conectou uma mangueira ao escapamento, ligou o veículo, não sem antes averiguar que todas as janelas estivessem fechadas. Sentou-se ao lado de Benjamim e, antes de adormecer em sua terna companhia, falou por alguns instantes sobre as miudezas e fragilidades da vida.

O CHORO DE DEUS

Maria chorava por todos os motivos do mundo. Quando tinha fome, medo, solidão, exaustão ou birra.

Seus dois dentes da frente eram sobressalentes ao restante do rosto fino. Parecia um coelho marrom, e eu a achava bonita quando nossa mãe enfeitava suas tranças da cabeça com fitas vermelhas e colocava o vestido de sair, que era novo já fazia muitos meses. Logo perdia, pois as canelas de Maria esticavam um pouco mais a cada dia. A roupa, em breve, seria nova para sempre.

Maria nasceu e eu já era menino grande, quase nove anos de idade, e não deu tempo do meu tempo parar no dela, pois eram tempos de quereres diferentes. Ela queria leite e eu queria refrigerante de cola. Ela queria bonecas e panelinhas de plástico, e eu queria jogar futebol no campo da Vila de Baixo.

À noite, era diferente. Quando escurecia, eu gostava de viver no tempo de Maria. Deitávamo-nos no tapete da sala para vermos desenho na tevê que o seu Augusto nos deu quando a nossa queimou. Tudo que tínhamos em casa havia sido dado por alguém. Desde as roupas e brinquedos até os móveis, pratos e talheres. E, em alguns dias, quando o pai não conseguia trabalho, até a comida era algum vizinho ou parente que dava.

— É porque somos muito pobres — dizia minha mãe.

Ser muito pobre é uma coisa terrível. Uma falta que parece preencher a casa inteira de vazio. E entre tantos vazios, tem alguns que doem mais que os outros.

Fome dói. Mas ficar doente e com febre dói mais.

Quando estava muito sol, a casa esquentava e a gente tinha sede o tempo todo, mas a água estava quase sempre cortada. Neste caso, água cortada dói mais que a sede e que o sol queimando por fora e por dentro.

E quando chovia, a casa alagava inteira. O pai ficava puxando a água para fora com o rodo e colocando barreiras de madeira na porta, que, no final das contas, não serviam pra nada. Mas ele insistia, era importante que soubéssemos que ele estava fazendo algo para nos colocar em segurança.

Maria ficava assustada e engolia as lágrimas com os olhinhos arregalados. Abraçava forte a boneca careca, que tinha só um feixe de cabelos loiros numa ponta da cabeça e, assim, parecia se sentir segura dentro daquele abraço.

— A chuva é o choro de Deus.

E eu ficava sem entender o porquê de tanto lamento logo sobre a gente, que já tinha tanta aguaria no peito.

Foi o pai que ouviu primeiro as batidas na porta. Era dona Clotilde e seu marido, seu Antenor.

— Olha, acho melhor abandonarmos as casas. A barranceira está derretendo... Se desmoronar de uma vez na madrugada, não teremos chances.

O pai agradeceu e falou alguma coisa que não deu pra ouvir, entrou e se negou a falar do assunto com minha mãe. A mãe insistindo. Até que o pai disse, firme:

— Abrigo para desconhecido não vou pedir. Sou homem. E homem não se presta a esse papel.

E a gente dormiu, meio que sem querer dormir, meio que sem saber se devia deitar a cabeça em paz diante do choro de Deus.

O primeiro barulho foi o mais fraco, feito barulho de trovão, mas não vinha do céu, vinha da terra, que virou rio, e desceu feito braço d'água sobre nós.

O segundo barulho foi fininho e manso, feito voz de mãe quando pede silêncio, porque já está tarde.

— Segura na mão da Maria!

E eu via a Maria indo, inalcançável ao toque.

Fiquei implorando que a lamaceira me levasse para perto, para que assim eu alcançasse, ainda que a ponta dos seus dedinhos.

O terceiro barulho estremeceu uma parte inteira da cidade. Como faz a boca do oceano quando devora tudo. Eu nunca havia visto o mar, mas sabia que era forte e falava alto, calando tudo à sua volta.

Maria gritou sua dor e eu a avistei viva sobre um espaço raso do alagado. Arrastei-me até ela com o peso do mundo encrostado nas pernas. Sentei ao seu lado e segurei suas mãos. E naquele instante, éramos iguais.

A divisão de qualquer tempo se rompe diante da tragédia e da perda.

Muitas horas e lágrimas depois vieram homens de vermelho, que nos retiraram dali com cuidado. Nossa pele se tornou barro seco, como bonecos de lama que se quebrariam ao menor toque.

Dias depois, a máquina puxou a hombridade de meu pai sob toneladas de escombros e barro.

Minha mãe virou adubo de amor para a terra, e jamais foi encontrada.

Nunca mais choveu na Vila de Cima. Deus deve ter se calado para ouvir nossa lamúria.

SEGREDOS DE FAMÍLIA

O pai sempre foi feito de cimento, minha mãe, de pena de passarinho. Ele chegava e o piso tremia. A mãe tremia.

Eu corria para o quarto e ficava lá, olhando pela janela, vendo o mundo de fora, feliz com o barulho alto da cigarra que encobria o da cama velha sacolejando no quarto ao lado. Depois, o choro agudo de passarinho assoviado por minha mãe.

Papai não vinha sempre, e quando voltava, a casa ficava ruim para se viver. Mamãe perdia aquele olhar de mãe, eu perdia a hora do desenho e do bolo de chocolate. Toda hora era a hora de ir para o quarto.

Minha mãe, com suas asinhas de passarinho encharcadas, olhava para mim e grunhia algo, que de longe pareciam ser palavras, mas era só medo.

Papai devia ter uns três metros de altura e eu era tão pequeno que mal conseguia subir na cadeira sozinho. Ele gostava de bolo de fubá e de chá de camomila para acalmar a mente.

Devia existir chá de acalmar a boca.

A boca dele era grande e nela cabiam muitos gritos de terror.

Havia dias em que os gritos sufocavam meus ouvidos e eu parava de escutar por muitas horas. Mamãe corria a casa inteira, pegava o chinelo e calçava nos pés tortos do homem. Corria para esquentar água e enchia a bacia, que não cabia gente adulta, mas tinha que dar jeito de caber assim mesmo. Desta forma, ela o banhava como se ele fosse uma criança.

Enquanto eu, criança, deitava só e cobria o rosto para que ele não me visse, caso entrasse com a cinta.

Nunca funcionou.

O barulho do concreto pisando na madeira inchada da soleira de entrada, sempre igual, barulho de terror, que eu sentia por todo canto do meu corpo.

Apanhava muito. E eram tantas as pancadas que, por vezes, desmaiava.

— Sabe por que está apanhando?

Eu não sabia, então olhava para ele e criava um motivo.

— Apanhei porque quebrei o copo azul.

Então ele parava.

Pela manhã, mamãe sumia com o copo azul.

Nesses dias, ela piava a noite inteira. Só eu

ouvia. Meu pai dormia anestesiado pela calmaria que extravasar ódio nas costas de menino lhe trazia.

Na segunda, pela manhã, ele partia e tudo voltava a ser bom.

Bem cedo, o cheiro de bolo de chocolate me acordava.

Minha mãe voltava a falar linguagem de gente. Eu me desencolhia e voltava a ser humano. Me beijava todo. Arrumava a lancheira, me vestia com uma roupa limpinha e me acompanhava até a porta do colégio. Acenava com suas mãozinhas magras de mulher que tinha sido ave durante o final de semana inteiro.

Foi assim que eu cresci.

A metamorfose semanal manteve-se como um rito: mamãe-gente, mamãe-pássaro. Eu, ora menino, ora bicho acuado.

O pai de cimento indo e vindo, minhas costas ficando largas. Não desmaiava mais, mesmo quando ele usava a parte interna da fivela de ferro da cinta de couro.

Os pelos crescendo, os braços também. As pernas e o órgão que se estendia espontaneamente toda vez que Clarinha vinha me ajudar com o trabalho escolar.

A metamorfose seguindo: menino, bicho, homem.

Papai encolhendo diante dos meus olhos.

Seus três metros reduzidos a 1,66 de altura. Eu, gigante.

— Mãe, a senhora tem que mandá-lo embora e chamar a polícia.

— Filho, deixa disso! Seu pai já está velho. Esquece isso, menino.

Naquela tarde, Clarinha viria. Semana de provas.

Veio pontual como sempre, vestido rodado, da forma que minhas mãos iletradas aprendiam facilmente.

Ele também veio sem avisar. De longe, eu pude ouvir o barulho dos pés de concreto esmagando a cozinha. Mamãe piando sem saber o que fazer. Era a primeira vez que a metamorfose aconteceria aos olhos de terceiros.

O pai parado na porta, com as mãos desatando o fecho da cinta. Eu, homem em projeção, diante da garota mais bonita do colégio.

Olhei fixamente para ele; enquanto a mãe piava aquele barulho insuportável por algum lugar da casa.

A primeira pancada dada. Protegi-me com um dos braços. Clara se desesperou, parecia nunca ter visto bicho-homem tão de perto. O desespero esbarrou na cinta de meu pai que a acertou precisamente na face.

Eu, menino, homem, bicho. Empurrei-o com força.

O monumento de concreto caindo feito pedra que sempre foi. O barulho ensurdecedor do silêncio que a ausência de vida traz.

Minha mãe virando gente.

Eu virando coisa ruim.

Clara partindo para nunca mais.

Meu pai se tornando história de assombro, que não conto para ninguém; nem da vida, nem da morte.

Segredos de família.

MUNCHAUSEN

— O menino está doente, você não vê?

O pai olhava, mas não via. Ninguém via, só ela mesma, que acordava às duas da manhã e media minha febre com a palma da mão.

— Acorda, Alberto! O João está queimando em febre.

Corria comigo para o banheiro, abria o registro numa água quase fria e me deixava por tantos minutos, até acreditar que a febre já havia escorrido pelo ralo.

Eu perdia o sono e passava a noite toda inventando sonho para ocupar a cabeça e o tempo.

Nunca íamos a hospitais, minha mãe não acreditava na veracidade da fala do doutor, que dizia: "Não há nada de errado na saúde do menino".

— João ainda não chegou da escola?

— Não mandei. Esta semana ele não vai. Percebi que anda indisposto e vou deixar que descanse.

O pai batia na porta do quarto e me encontrava de ponta-cabeça sobre a cama.

— Sua mãe disse que você não está muito bem...

— É besteira. Eu me sinto ótimo, pai!

— É cuidado dela. Acaba exagerando.

E foi graças aos exageros de dona Vilma que eu perdi aquele ano no colégio. E o seguinte... e o outro.

Todos acreditavam que eu era um garoto muito doente e frágil. Eu mesmo, em determinado momento, comecei a acreditar que mamãe estava certa.

Então, eu recusava qualquer convite para festinhas de aniversário, peladas de campo nas quartas-feiras e sorvetes nas tardes quentes de sábado. Aos poucos, ninguém me chamava para mais nada. Tornei-me um adolescente solitário, entretido em livros, videogames e enfermidades inventadas por minha mãe.

Acreditei até conhecer Dalila numa missa de domingo. Um dos poucos lugares aos quais ainda ia com certa regularidade.

Dalila era preta e tinha a boca carnuda e rosada. Olhos castanhos que pareciam estar sempre acesos. Sorria largo quando me via e eu devolvia um sorriso pequeno que só ela entendia.

Um dia, escondidos na sacristia, ela me beijou e eu me curei de todas as dores que nunca tive.

Durante o dia, eu tomava sopa de legumes para aumentar a imunidade. Chá de própolis com mel para expectorar, proteger e guardar o peito.

Pela madrugada, Dalila vinha, entrava pela janela e me entregava doses homeopáticas de amor e sexo, que transformavam os meus dias.

Mas houve uma noite em que Dalila não veio.

E nem na seguinte e nem em todas que seguiram após as outras.

Também não apareceu nunca mais nas missas de domingo.

Pela primeira vez na vida, eu fiquei doente de verdade. Não sentia fome e nem vontade de me levantar pela manhã.

Meu pai, como quem já estivera um dia acometido da mesma agonia, perguntou-me o nome da garota. E eu disse ser Dalila.

— Filha do seu Antônio?

— Ela mesmo, pai.

— Tem bom gosto, meu filho. Mas essa moça se casou já tem uns dias. O povo andou dizendo que o casório foi para tapear a desonra da menina.

E o gosto se perdeu de minha boca. E o amargor na ponta da língua me tirou da cama antes das seis, antes que minha mãe desse falta do meu acordar.

Parei em frente ao portão de Dalila e chamei seu nome por três vezes.

Naquela manhã se completariam oito meses do nosso primeiro encontro, e eu já estava decidido de que gostaria de passar todos os meus próximos dias com ela.

Eu a vi abrindo a porta devagar. O olhar assustado e um tanto apático. Com uma barriga que se destacava diante das curvas de seu corpo, veio seguida por um homem mais velho, que lhe tomou a voz e me perguntou do que se tratava.

"Trata-se do amor da vida de um homem. Da minha alegria perdida. De minha Dalila", pensei, mas disse somente ter sido engano.

Voltei para a casa e me entreguei a uma tristeza infinita.

Agora, que deveras estava eu muito doente, minha mãe não notava. Doença da alma é mesmo coisa invisível.

Com o passar do tempo, a dor de se perder um amor vai murchando, ela se cristaliza feito fruta-passa. E aos poucos, tudo recomeça.

— João já vai completar dezoito anos, Vilma! Vai trabalhar, sim, já conversei com o dono da firma e o menino começa na próxima segunda.

Minha mãe até tentou fundamentar sua indignação, interpondo as inúmeras vulnerabilidades que um rapaz de ânimo frágil como o meu seria exposto ao começar a trabalhar numa metalúrgica. Mas meu pai estava convencido de que seria o melhor para mim, e já opinioso de que, ao contrário do que era imposto, eu tinha mesmo era uma saúde de ferro, pois, sem nunca ter posto o pé num hospital, nunca tivera mais que restritos episódios de resfriados.

No primeiro dia de trabalho, percebi que o trajeto me levaria diariamente a contemplar a fachada da casa de Dalila. E essa era a melhor parte do meu dia, infiltrar os olhos por dentro da cerca de arames na busca de um passo mal dado, um compromisso que a levasse a estar fora de casa ainda tão cedo.

Precisou de poucos dias. Era uma manhã de inverno quando ela saiu com o filho nos braços. Apressada, me olhou, mas pareceu não me reconhecer.

Perdi a hora, a noção e todo o bom senso ao começar a segui-la. Ela entrou no ônibus e desceu no pronto-socorro central da cidade.

Vi a hora que descobriu da cabeça do garoto a manta que lhe tapava as torrentes de frio. Lá estava o filho de Dalila.

Aproximei-me e ela se assustou ao perceber minha presença. Tentou enfiar uma touca que cobrisse os olhos do menino, que eram meus olhos inteiros naquela cara pequena.

Em silêncio, segui ao seu lado até ele ser examinado pelo médico plantonista.

— O garoto não tem nada que se possa preocupar. A criança está forte, com bom peso e saudável.

Percebendo sua insatisfação diante ao prognóstico clínico da criança, levei Dalila e o filho para minha casa, onde minha mãe o olhou por algum tempo e sorriu com ternura ao perceber as visíveis semelhanças. Enquanto isso, preparou a água que iria curar o neto daquela febre matutina, que, hereditariamente, perduraria por muitos anos.

Dalila e dona Vilma se olharam e, sem muito dizer, selaram o pacto.

Dalila, então, permaneceu.

FIM

Dona Celina morreu.

Ouvi o burburinho vindo da sala. Eles falaram baixinho para que eu e meu irmão não pudéssemos escutar.

Mas criança escuta tudo.

Morreu. Mas quando será que ela volta? Porque já era acertado, de tempos, que iríamos na casa do tio Marcondes no final do ano. E o ano já está por um fio. Na escola, quem passou, já até sabe. Por isso, quase ninguém tem ido ao colégio. Mas eu e meu irmão nunca podemos faltar um dia às aulas, pois o pai precisa muito desse tempo sem a gente por perto para poder resolver coisas de gente adulta.

E agora que a dona Celina morreu, meu pai parece não conseguir segurar nas mãos o tanto de coisa que tem que levar para o escritório, para a cozinha, para o mercado, para o funeral, para o colégio.

Daí fica muita coisa espalhada pelo chão. Estes dias, ele próprio estava deitado altas horas da noite na porta do banheiro, com um cheiro insuportável, que misturava cerveja, vômito, perfume e tristeza.

Dona Celina, antes, bem antes, era mamãe. Depois foi ficando triste, triste, e passou a exigir que todos a chamassem pelo nome.

Já se passaram muitos dias e ainda não estou entendendo direito sobre morrer. Parecia menos ruim quando minha avó dizia que morrer era quase como nascer.

Mas aqui, só ficou um silêncio enorme, que às vezes parece um buraco, e noutras, um engasgo com pão, daqueles... tipo sovado. Fica preso na garganta e a água não faz descer.

"Morrer assim tão jovem", a vizinha repetiu umas três vezes.

Agora não paro de pensar que se existe uma idade certa para morrer, a dona Celina errou feio nas contas.

Como pôde sumir assim? Morrer de uma hora para outra, deixar filhos pequenos, marido cheio de compromissos que não consegue mais resolver... Deixou até os gatos. Quem é capaz de morrer e deixar dois gatos? E ir, sem ao menos se despedir...

Dona Celina foi.

E foi de teimosa, porque três da manhã nem é hora de se morrer.

Um alvoroço tão grande que acordou até os vizinhos. As crianças sendo trancafiadas no quarto para não ouvir... e ouvindo tudo.

Criança ouve tudo. Ouve o barulho dos gatos de noite no telhado, gritando e fazendo putaria.

Ouve-se também as brigas que a dona Celina tinha com o pai toda vez que ele chegava tarde, bêbado e com cheiro de puta.

Escuta-se o barulho do tapa. Dois, três. Seis tapas. Um chute e o choro.

Cansa-se de ouvir o ruído abafado da boca da dona Celina e do pai vindo do quarto, depois dele confirmar:

— Eu já olhei. Os meninos estão dormindo.

Depois de tudo, quando já se dorme de verdade, uma cadeira cai, o estampido da queda vem do banheiro.

— A dona Celina morreu.

E logo, bem logo, chegam as férias, e não tem visita na casa do tio Marcondes e nem de tio nenhum. Mas tem de novo o pai deitado na entrada do banheiro, chamando por Celina, sem saber dizer quando ela volta.

ORFANDADES

O menino de Lurdes nasceu morto. Foi a primeira vez que vi gente sem vida, e nunca esqueci a sensação ruim de ver. Ainda mais criança, que de tudo que se pode ter, só quer mesmo é viver.

Lurdinha ficou lá, parada, meio morta também. Foi bem ali, naquele olhar parado, que ensandeceu. Nunca tinha visto gente sã enlouquecer. Mas vi, mesmo sem querer ver.

Pegou minha boneca mais querida, enrolou na manta azul e fez dela seu menino morto. Sacudia o dia todo, inteirinho... Eu ficava junto para ver se voltava o juízo e me devolvia a boneca.

Mamãe percebeu.

— Deixa disso, menina! Depois te compro outra.

E eu deixei, arrumei outra preferida das que ficavam na caixa de papelão sobre o armário do quarto.

Lurdes cantava o dia todo para seu menino morto. Em cada cantiga, um tantinho de sanidade escorria pelos olhos. Até que escorreu tanto que se acabou de vez.

Fiquei da varanda vendo a hora que ela girou pela casa inteira, correndo atrás do tal lobo, que ela jurava, comeu seu filho vivo — que desde antes foi sempre morto. Gritava, com uma faca na mão. Até mamãe enrolar outra boneca em um pano e dar-lhe aos braços, já que a outra havia se perdido em algum canto da casa pela manhã.

Acalmou-se.

Pegou a boneca e se aquietou.

Lurdinha perdendo o juízo e eu perdendo a infância.

O ano se acabando e não teve nem Natal aqui em casa. Tia Lurdes tinha medo da árvore, então, mamãe tirou, desmontou sem dó dos meus olhos que ficaram lá, tristinhos.

Ficou só o presépio escondido no quintal. Vez ou outra, eu ia lá ver o menino Deusinho deitado na sua cama de palha, a mãezinha olhando, cuidando.

Antes, morria de dó de ver. Mas agora, só conseguia sentir pena da tia Lurdes, que nem menino tinha para cuidar, aí cuidava das minhas bonecas, que nem meninos eram... Eram meninas.

No dia do Ano-Novo, na hora da ceia, a mesa estava cheia de comida e vazia de gente. O pessoal da família e da vizinhança estranhou a loucura da minha tia. Ninguém além de mamãe quis ficar perto para amansar os nervos quando eles ficaram bravos e inquietos.

Mas no último dia do ano, pouco depois da oração, Lurdinha sarou.

Apareceu na sala banhada, vestida com sua melhor roupa. Sentou-se e se serviu de farta refeição.

Agradeceu mamãe pelos cuidados. Minha mãe só consentiu com a cabeça, estranhando o milagre.

Desculpou-se com papai pela 'bagunça' dos últimos meses. E para mim, sorriu. "Escolha a boneca que quiser, esta semana compraremos! A que você desejar ter, a mais cara de toda loja, a mais bonita."

Disfarcei, andei para o lado e, sem que me vissem, corri para o quintal; fui devolver o menino da Virgem Maria. Tinha escondido seu Deusinho, só para Ela ver o quanto é ruim mãe ficar sem filho.

E se não podia dar-lhe de volta a criança, que pelo menos a sanidade retornasse para tia Lurdes.

Só precisou de dois dias.

HOMÓLOGAS

Ana queria ser escritora de histórias para crianças. Escrevia escondido quando a patroa não estava. Sentava e pegava uma folha do bloco de notas que ficava na gaveta da escrivaninha da sala de estar. Anotava a frase que viesse na cabeça e guardava no bolso do avental.

Queria mesmo era escrever novela para a Globo, mas isso devia ter outro nome, que ela não sabia qual. Estudou pouco, não concluiu o ensino fundamental, mas escrevia e lia direitinho.

Quando pegava o ônibus de volta para casa, ficava olhando pela janela, via as casas bonitas e pensava que queria, um dia, também ter uma daquelas para ela e os meninos. Era mãe de gêmeos. Criava sozinha com a ajuda da mãe, que zelava reclamando que já não tinha mais idade para cuidar de menino dos outros.

Ana morria de medo de perder o emprego e faltar as coisas para as crianças. O leitinho, as fraldas, um brinquedinho de vez em quando.

O pai registrou, mas nunca ajudou em nada. Ele dizia, durante o namoro, que seu maior sonho era ser pai. Daí ela engravidou para realizar o sonho dele.

Agora vive de dar faxina em casa de família. Tem dia que chega em casa com cheiro ruim, tem vergonha de que alguém sinta. De que os meninos cresçam achando que aquele é o cheiro da mãe. Queria ter cheiro de perfume importado, cheiro de escritora que ganha prêmio e usa vestido de grife na cerimônia. Gostaria de chegar e poder tomar banho, mas quando a avó escuta a porta abrir, já corre para ir embora, entrega os gêmeos e vai cuidar da vida. Então, ela precisa esperar que eles durmam para poder se lavar da sujeira que fica impregnada nos cabelos e nas unhas.

Lava a mão o tempo todo, tem medo de passar alguma bactéria para os meninos.

Certa noite, Ana sonhou que escreveu um livro que fez tanto sucesso que virou série para a tevê. E ela comprou casa, carro e piscina de bolinhas para os gêmeos brincarem. Acordou atrasada e a patroa disse que mais uma demora daquelas e iria dispensá-la dos serviços. Pediu que Ana fosse ao banco na hora do almoço e depois passasse no mercado. Ana morrendo de fome e sem um puto no bolso para comprar um salgado, tinha o troco do banco, mas não podia usar sem permissão.

De vez em quando, lembrava do sonho e ele ia escorrendo da memória, feito o suor da testa.

A fila do caixa do mercado dava voltas nas prateleiras de alimentos. Tinha tanta coisa boa para comer... E a Ana sem um puto. Passou duas horas do expediente. Deixou as compras sobre a mesa. Fez pela pressa de saber que em horário de pico o ônibus de volta ia sempre lotado. A patroa questionou se ela ia deixar os alimentos ali jogados.

— Que desmazelo é esse, Ana?

Lembrou da ameaça "mais uma dessas e vou dispensá-la." Pensou no preço do leite e da carne. Pensou nos gêmeos. E lembrou-se que o pai dos meninos tinha o sonho de ser pai.

Chegou tarde em casa, a mãe de mau humor e os meninos com fome.

Esquentou o leite. O leite com cheiro ruim, a geladeira não estava muito boa havia dias.

Deu assim mesmo. Rezou baixinho para que não desse desarranjo na barriga das crianças.

Deitou-se suja, nem quis tomar banho.

— Ana, você precisa comprar uma geladeira nova, urgente!

E as vacinas dos meninos, estão em dia, Ana? Final de ano chegando, os gêmeos ficam lindos de roupinhas iguais. Será que escritora ganha quanto?

Não conseguiu dormir, apesar do cansaço.

Pensou rapidamente que o sono podia vir

e, quem sabe, pudesse sonhar de novo com a casa, o livro de sucesso, a piscina de bolinhas. Mas já eram três da manhã. Ana preocupada com os meninos. Imaginou como seria se não tivesse mais filhos, se pudesse ser só ela e só, sem gêmeos, sem o ex-namorado que tinha o sonho de ser pai.

Engoliu o choro que desceu em arrependimento de tanto pensamento estranho. Quase se engasgou. Ajeitou o travesseiro e passou a noite em claro vigiando o descanso de criança pequena, que enganou a fome com leite estragado.

NA MORTE NÃO SE TOCA

O homem lá se tremendo inteiro. A baba escorrendo no canto da boca e meu pai olhando sem intervir. Ainda existia vida, mas era tão pouca, tão frágil... O pulmão inflando e desinflando numa sinfonia em dó menor.

Eu queria poder lhe oferecer algo naquele momento de dor, quem sabe um travesseiro ou um cobertor que tapasse os buracos das balas, quase todas no peito.

Meu pai, junto a uma pequena legião de curiosos, aguardava o desfecho travado entre a vida e a morte.

O rapaz de vinte e poucos anos protagonizava um espetáculo de horror, no qual ele exercia o pior dos papéis. Os olhos dos que testemunhavam a tragédia se cruzavam em conflito. Uns comovidos, outros, empunhando apostas silenciosas:

— Acho que escapa.

— Sei não, no peito, meu amigo?

Eu pensando em como esquecer do cheiro de sangue quente vazando pelos furos. Lembrando que aquela cara de desespero era a mesma do homem que visitava minha mãe.

Imaginando que, se pudesse naquele instante ser Deus, eu teria piedade com o que restava do sujeito.

— Pelo tanto de perfuração, deve estar aí porque roubou!

— Arrumou confusão no trânsito!

— Mexeu com mulher dos outros!

Tantos deuses, nenhuma misericórdia.

O pai se lembrando, diante do meu choro repentino, que eu era só um garoto franzino, querendo ser o Cristo, para salvar a vida de quem cai no asfalto quente depois de cinco tiros.

O pai ajeita a arma no cós da calça e alinha a blusa por cima.

— Não vai contar nada do que você viu pra sua mãe, entendeu? Essas coisas acontecem com quem se mete onde não deve, e é bom se acostumar. Você é homem. Homem não fica de choro por causa de besteira.

Engoli o medo e coloquei as mãos no bolso raso da bermuda, fiz para que não soubessem o quanto elas suavam e tremiam.

Ninguém nunca soube que meu pai e eu velamos um homem vivo no asfalto. Que eu era menino e virei homem para atestar a vingança dada pouco antes do meio-dia. Olhar a morte nos olhos e não ter permissão para tocar.

PORÉM, A MALA SEMPRE ESTEVE PRONTA

Arrumou a mala com anos de antecedência.

Deixou-a escondida embaixo da cama, a um braço de distância da fuga.

Ficou ali por tanto tempo que cheguei a pensar que jamais partiria, que, na verdade, a bagagem pronta era uma sutil ameaça em riste, muda, infeliz, de alguém que permaneceria para sempre.

Meu coração sempre disparava quando chegava o fim do dia. Eu percorria o caminho para casa inventando rezas e deuses para os quais fazia promessas que nunca cumpriria.

Ela, de costas na pia, verificava tranquila, cada banda da fruta, jamais deixaria que uma única metade de sabor passado fosse, por descuido, inserida à bebida. Depois, coava na peneira fina o suco de laranja, eficaz para a imunidade.

O almoço, servido de maneira calculada: duas saladas frescas e carne vermelha. Quase sempre assada. Arroz e feijão. Guardanapos de pano branco, impecáveis, contrariando a presença sombria que nos acompanhava há anos a cada refeição.

Eu zelava pela postergação do fim. Retirava a mesa e os cacos que, geralmente, ficavam espalhados pelo chão. Não raro, rasgaram-me as mãos, e eu sangrei sob seus cuidados atentos, o corte lavado e embrulhado em tecido fino.

Houve dias, muitos deles, em que desejei o ímpeto de uma despedida velada. Numa decisão repentina, incabível de arrependimentos, ela acordaria em uma madrugada fria, munida de silêncio, e fugiria rumo ao sagrado.

Faria morada em terras calmas, feitas com solo de pedras e solidez pungente, sacra como o amor materno.

Nunca aconteceu. Incapaz de me abandonar sendo eu ainda menino.

Viramos, aos poucos, parte da mobília, que em um quase-todo, eram planejadas.

E como tudo que acontece com coisas que não saem do lugar, com o passar do tempo, tornamo-nos invisíveis.

A cadeira de balanço na varanda, que está ali desde que todos nasceram, assistirá a morte de cada um. Espiando, muda, o acabar de tudo.

A mesa posta. Os guardanapos brancos. Tudo translúcido. Armários, porcelanas, mães e filhos, velhos de idades incontáveis alcançando a graça de não serem mais vistos.

O telefone ocultado em algum lugar da casa. Com seu ruído fúnebre, ainda grita. "Fora atropelado no concreto quente da rua Quinze."

A mãe limpou a única lágrima que caiu em memória de seu homem morto.

Preparou o suco. Serviu-me o jantar como se eu fosse um príncipe. Puxou a mala de couro marrom e empoeirada; beijou-me a testa e partiu.

QUEM TEM DOIS, TEM UM. QUEM TEM UM, NÃO TEM

Lembro-me bem da primeira e única viagem que fizemos em família. O ano era 2005 e meu pai ganhou da firma, no sorteio de final de ano, passagens para um *resort* com hospedagem e alimentação, tudo incluso. Uma grande alegria para nós, que nunca havíamos posto os pés fora da cidade.

O lugar era lindo e eu e Richard, meu irmão caçula, queríamos desbravar cada espaço daquele mundo mágico. Não me recordo de ter sentido nada parecido em toda minha vida, nem para o bem nem para o mal.

Almejamos o tobogã mais alto. As pessoas se enfileiravam ansiosas, fingindo que o que escorria pela cara não fosse medo, mas era.

O Richard quis desistir por três vezes. Eu insisti. Falei que era seguro como andar de avião, mesmo sem nunca ter andado.

— Você vai primeiro! — ele gritava.

Eu aceitei. Imponente.

Tudo ocorreu de maneira tão rápida e absurda que, ainda hoje, duas décadas depois, eu não consigo entender o que de fato pode ter acontecido entre o trajeto que interligava o gigantesco tubo de cano à piscina.

Richard desaguou na água já inerte, sem nenhum fiasco de vida. Ele não morreu pela brusca queda que se dá ao término da descida. Não havia água em seus pulmões que indicassem afogamento. Morreu, talvez, de medo. Talvez um ataque de coração fulminante que não constou no laudo do óbito que se delimitou aos dizeres: morte súbita.

Eu vi seu corpo pequeno, de dez anos, que ainda ia crescer e gerar músculos que o fariam parecer mais homem, boiando com sua carcaça miúda de ossos finos e pele branca.

Gritei pela mãe. Gritei forte. Perdi a voz.

Todas as mães do mundo se viraram para mim, buscando a face do próprio filho nos meus traços. Elas se entristeciam e remetiam orações mudas de agradecimento pela criança morta não ser a delas.

Alguns funcionários se aproximaram e um deles pegou meu irmão no colo, retirando-o da piscina. O único irmão. Fôssemos em três ou quatro. Mas éramos dois. Um número tão baixo que, tirando um, fica só metade, quase nada.

Minha mãe demorou para chegar até nós, veio empurrando as outras mães e pais e irmãos que se aglomeravam, curiosos, impiedosos, perguntando quem era a louca que deixou seus filhos sozinhos em um brinquedo tão perigoso.

O brinquedo estava lá, sendo, até então, o mais disputado entre os frequentadores, na maioria deles, crianças. Mas depois do acidente, era impróprio, perigoso, assim como meus pais. Incapazes de garantir a integridade física dos próprios filhos. Inaptos para a função paterna e materna.

Logo, bombeiros e policiais cercaram o local. Levaram meu irmão numa maca e o cobriram com uma manta térmica. Uma médica comprimia o peito de Richard, pensando ser Deus, fazendo minha mãe acreditar que ainda existia um sinal de vida em seu filho amado. Não havia nada.

Até hoje me pergunto o porquê de não ter gritado minha mãe pelo nome. Eu tinha doze anos e não consegui calcular a improbabilidade de que ela pudesse mesmo reconhecer minha voz entre tantos filhos de outras mães. Talvez o impulso viesse da certeza de saber que ela nunca foi dona de nome próprio. Lembrava-me que minha mãe gostava de saguões de hospitais, onde seu nome era anunciado alto e bom som. Ela sempre ignorava a primeira chamada para que assim o profissional repetisse ainda mais alto. Ela também se lembrava com amor da época da escola, onde era Betinha.

Cresceu e virou Elizabete. Casou-se e virou mulher do seu Oswaldo. Perdeu a identidade diante da pronúncia do sim, selado pela santidade de um padre que legitimou a aquisição.

Depois a maternidade, que eliminou de vez qualquer traço identitário. Virou mãe. E ser mãe parecia ser a maior alcunha que uma mulher poderia alcançar em vida.

Isso até se perder um filho de maneira trágica. Depois de uma fatalidade como essa, ela passa a ser a mãe do menino morto. E então, não se consegue ser mais nada.

Tentou ser cabelereira, mas as clientes não vinham. Talvez tivessem medo de serem contaminadas pelo azar de ver um filho morrer.

Tentou ser microempresária do ramo alimentício, mas quem sabia da tragédia não comprava os deliciosos bolos de pote, por cisma de que, porventura, alguma lágrima de dor intensa tivesse caído sobre a massa.

Foi tentando ser qualquer coisa que permitisse ser mais que a esposa do seu Oswaldo, ou a mulher triste que tirou os olhos dos filhos por dez minutos e perdeu um deles, que minha mãe desvairou.

Dormiu chorando e acordou louca. E sua loucura lhe entregou alcunhas novas: A doida do apartamento D135. A que o marido abandonou depois que dela se esvaiu todo o juízo.

Mas na clínica, lá no Hospital Luiza de Pinho Mello, ela voltou a ser Betinha.

Brinca de boneca e de fazer comidinhas em panelas plásticas que eu compro, uma vez a cada quinzena. Não quer se lembrar de ter sido mãe de dois filhos, dos quais um se foi antes que terminasse o dia. Não é esposa de nenhum qualquer Oswaldo, e muito menos sacramentada pela designação "até que a morte os separe" ou "ele descansa em paz".

Tornou-se Elizabete da ala vinte, leito cinco.

FOI A PRIMEIRA VEZ
QUE EU VI O MAR

Era tempo de luz, e eu sabia, pois ainda diante do completo breu, existem raios que ultrapassam a pele murcha dos olhos. Feixes de uma claridade perturbadora, que não se pode ver, mas se apresenta dentro do escuro das vistas que nunca se fizeram hábeis.

Nasci assim, com olhos, mas sem visão.

Minha mãe ia me apresentando o mundo com as cores que podia ver. O mar talvez fosse azul como o céu. Ou verde como um gramado vivo. Eu imaginava, sem nenhum poder efetivo do conhecimento que me fora negado por Deus. Porque Ele quis assim. Uma criança nascida cega, fruto de um pai que usou de força para enfiar-me no útero da moça que voltou tarde da casa de família.

Uma mãe que nem pensava em ter filho, e teve. Mesmo sendo filho de homem que nunca viu. Teve. E o doutor achou estranho quando olhou, não deixou que a mãe tocasse. Ela pensou se tratar de filho morto ou com membros a menos, ou a mais pendurados pelo corpo. Mas era só uma ausência.

Me criou sozinha. Me deu de tudo que podia. Nunca contou pra ninguém que o filho para quem trazia soldadinhos de chumbo no dia do pagamento era fruto de estupro. Feito sem amor e sem cuidado.

Preparava torta de frango todo sábado à noite. Comíamos enquanto ela prometia que tinha um médico. Ela leu no jornal. Tinha um médico bom lá no Rio de Janeiro. Cirurgião ocular.

E no Rio de Janeiro também tinha o mar. Ela nunca viu o mar. E me dizia que tem coisa que nem precisa ver. Mar tem cheiro que é só dele. De longe, já deve saber que é. Nem precisa olhar. Igual jaca. Jaca tem aquele cheiro de coisa mole, e você coloca na boca e sente que é mole igual ao cheiro.

Minha mãe tinha cheiro. Um cheiro que era feito mar, feito mato, feito jaca.

— Em crianças, as chances da recuperação total da visão são bem maiores, ela ouviu alguém dizer com voz de certeza do outro lado da linha. Não esperou. Fez as malas, pegou suas economias e nos enfiou em um ônibus com destino ao Rio de Janeiro.

Eu queria sentir o cheiro do mar.

Minha mãe dizia que ainda era cedo. Que

ver era melhor que cheirar. E eu falei da luz que, quando forte o bastante, rompe o escuro dos olhos e forma flashes de tonalidades diversas e brilhantes.

Mas ela não quis saber. Ela que nunca viu o mar, não tinha pressa em ver.

Correu na clínica e acertou a data para a cirurgia. E no dia da intervenção ficou aflita. Chorou, e eu experimentei o gosto, que bem podia ser, igual ao do oceano.

Chamaram-me pelo nome e eu senti medo de morrer. Pensei que melhor seria ser cego a vida toda que morrer menino, sem saber do cheiro do mar. Mas importava tanto para ela que talvez fosse melhor morrer e ter uma chance de olhar no rosto da mãe, que ela dizia ser preto. E que preto é cor forte e que brilha.

Acordei da cirurgia e não vi nada. Ouvi a voz da mãe dizendo que estava tudo bem, que eu ficasse calmo.

Ainda demoraria uns dias para que as ataduras pudessem ser retiradas e só assim, saberíamos o quanto de visão havia sido recuperada. O médico prometeu:

— A cirurgia foi um sucesso!

A mãe sorriu alto, fez barulho de alegria, e eu sorri ainda cego, deitado sobre a maca.

Quando alguém te ata os olhos, você busca instintivamente uma fresta no tecido que seja escape de claridade. Remaneja o olhar para baixo e para cima em busca da autonomia que enxergar representa ao ser humano.

Não era assim para mim. Tive medo de olhar o mundo e ele não ser tão gentil quanto parecia ao ser visto pelos olhos da mãe. E se ao olhar para ela, eu não me visse em seu reflexo? Sequer no sorriso grande, a pele escura ou no cabelo crespo?

E se eu tivesse herdado a cara do meu pai? E ela, ao abrir os olhos no mesmo instante que eu, visse em mim seu agressor? Talvez largaria de mão sua condescendência e seria tomada por desamor.

O médico desenrolou devagar as faixas, que iam caindo sobre meus ombros como camadas grossas de um tecido incorruptível. Enxerguei uma luz forte que vinha de cima e, inicialmente, achei ser o sol, pois doía o olho tamanha sua claridade, mas era só uma lâmpada pendurada no teto do consultório. Em seguida, vi um clarão ainda maior, dentro de uma face que sorria para mim numa moldura de pele dura, jovem e preta. Ela tinha razão, a pele preta brilha.

(...)

O mar é azul quando visto de longe.

Se tocado pelas mãos, é transparente, como água que é, mas tem cheiro próprio, que não se sente em nenhum outro lugar senão nele. Como cheiro de mãe ou de jaca.

Dentro dele eu vi Deus. E Ele usava um vestido azul-clarinho e bijuterias de prata. E sorria, sorria e sorria.

A CARA DOS MENINOS MORTOS

A professora falou que há crianças sendo mortas numa guerra do outro lado do mundo. Que já passava de treze mil o número de meninos e meninas que perderam a vida durante o confronto. Falou pouco antes do sinal de saída apitar. E eu perdi a vontade de correr para casa, comer até não aguentar mais e depois sair para empinar pipa no campo da rua Quatro.

Fiz o percurso devagar, imaginando como era a cara dos meninos mortos. Se um deles também gostava de futebol ou de bolo de cenoura com cobertura de chocolate. Se amava, como eu, o gosto da macarronada de domingo. Ou talvez, aos domingos, comessem coisas que eu não sei dizer o nome e nem sei do sabor.

A cara dos meninos mortos devia ser pequena, porque criança tem a pequenez no rosto, e mesmo assim cabe tanta coisa... Cabe um sorriso bem grande quando se chegam as férias e cabe coisas que nem deviam caber, como o medo e a dor.

Perguntei para minha mãe o porquê da guerra, e ela disse:

— Que guerra, menino?

— A guerra entre Israel e o Hamas na Faixa de Gaza.

— Eu não sei de guerra, não.

— As crianças estão morrendo na guerra, mãe. Criança pequena, até menor que eu. A professora Sirlene falou que foram mais de treze mil meninos e meninas mortos até agora.

A mãe emudeceu. Ficou triste por mais de uma hora. Deve ser porque, assim como eu, ficou pensando na cara que tinham as crianças mortas.

Achei muito estranho ter gente adulta que não sabe que está acontecendo uma guerra do outro lado do mundo, porque hoje o outro lado do mundo é tão perto...

Naquele dia, eu não quis sair para a rua. O pai chegou e queria saber do meu silêncio. E eu nem soube explicar o motivo da minha voz ter ficado quieta.

A mãe falou baixinho, como quem conta um segredo:

— Ele está triste por causa da guerra.

E o pai respondeu:

— A guerra é bem longe daqui, filho. Não vai chegar até nós.

— Pai, como deve ser a cara dos meninos mortos?

— Ué, deve ser como de uma criança comum.

— Eu quero saber a cor dos olhos, pai. A cor do cabelo e se os dentes eram tortos ou alinhados. O tom da pele e o formato do nariz. Se era feliz ou triste.

— Criança é tudo igual, filho.

— Não se for criança morta, pai. Menos ainda se foi morta na guerra.

E o pai se calou. E a guerra, que era tão longe, pesou sobre os seus ombros.

A cara dos meninos mortos no pensamento, querendo ganhar cores e traços. Exigindo ganhar nome e velório.

A FILHA DO PADRE

Na rua de trás de onde eu moro existe um terreno baldio com uma velha casa abandonada no meio. Uma construção com arquitetura nobre, como se em dias remotos houvesse sido um quase-castelo. Agora, conta com suas portas arrombadas e paredes enfraquecidas pelos danos do tempo e a falta de manutenção.

O lugar tem um cheiro insuportável de urina e fezes. Um templo onde usuários profanam a história para satisfazerem seus vícios.

Os garotos e garotas da vila também gostam de ir até lá quando a indecência grita entre os meios das pernas. Fazem sexo em pé, encostados nas paredes mijadas. Depois descartam os preservativos usados por ali mesmo.

Ao lado do edifício fica o monastério, onde viveu meu pai por mais de uma década, período em que exerceu o ministério sacro. Um padre admirado e respeitado por toda a comunidade. Até vir minha mãe, recém-chegada do Nordeste, com uma criança nos braços e outra na barriga. Encantou os olhos do sacerdote e fez dele seu homem. Pai dos dois filhos que trazia e dos outros três que viriam, fruto da relação pecaminosa. Sou a filha do padre. E a filha da puta.

É o que dizem por aí, quando pensam que Deus não está olhando.

Eu, aos dezessete, estou atrasada se comparada às outras meninas. Atrasada, como se a vida fosse um catálogo suspenso de experiências, lembranças e conquistas cronometradas. A demora provém do respeito à batina, mesmo que ela esteja há anos no fundo de um baú de madeira no porão de nossa casa. É a sombra da vestimenta que interfere em nossos modos... Como a longuíssima oração proclamada antes de cada refeição, ou sermos nós, os filhos do padre, designados a limpar a igreja após cada missa dominical.

Todo mundo tem medo de namorar a filha do Padre. Ainda mais se essa também for a filha da puta. Fica-se a dúvida de quais genes, por fim, predominam em mim.

Nasci com a marca da besta na testa. Ninguém deseja corromper a parte sacra, que temem ainda existir, herança de um quase-santo. No entanto, não há aquele que não queira esbaldar-se na carne sucosa, fortuna essa vinda de minha mãe.

Tem um rapaz muito bonito que eu sempre vejo quando vou pela manhã comprar pães na padaria. Ele toma café com pouco açúcar e come dois pães na chapa. Veste um macacão azul que está sempre sujo de graxa. Ouvi dizer que trabalha em uma oficina no Centro da Cidade.

E, de uns tempos para cá, tenho tido sonhos eróticos com ele. Acordo com vontade de dormir e sonhar de novo, porque no sonho, no sonho eu sempre acordo antes... Antes de gozar. Depois, passo o dia todo pensando em pecado e fornicação, imaginando o tamanho do pau do mecânico.

Nestes dias efervescentes, minhas idas à padaria ficam mais frequentes. Há vezes nas quais insisto no percurso, ainda que seja para comprar só uma bala ou um chocolate, fazendo questão de que ele perceba meu olhar. Que note os meus seios, as minhas coxas e a pele arrepiada, à mostra pela blusa amarrada acima da cintura.

Ele percebe. Olha e passa a língua nos lábios, discretamente — ou nem tanto — e ajeita o relevo na parte de baixo da calça com a mão firme.

A balconista me estende um papel, aponta para o outro lado da rua e meu coração fica lento. Sou padecente da bradicardia em momentos de euforia.

"Encontre-me no Castelinho às 22."

Quase não vou.

Lembro-me do meu pai, com seu rosto de anjo caído...

Da mãe sendo julgada por todos os santos do mundo... Penso na retratação.

Lembro-me do mecânico e dos seus olhos famintos.

— Pai, eu vou para a igreja orar.

E de joelhos, profano todas as rezas diante dele.

Enquanto ele implora que eu me levante e entregue-lhe aquilo que me torna pudica. Recuso decidida, absorta pelos ensinamentos maternais:

"Homens amam as putas, mas se curvam é para as santas."

O VENTRÍLOQUO

Meu pai guardava uma enorme quantidade de velharias no sótão da antiga casa. Entre elas, um boneco ventríloquo com o olhar de desespero pendente com suas cordas no centro do telhado. Um buquê de rosas sem nenhuma rosa, somente o que sobrara da doçura do gesto. Um porta-retratos com o vidro quebrado carregando a fotografia de um homem que nunca vimos em lugar nenhum além dali. Um fantasma que usava sapatos pretos e um terno branco de linho fino.

Sobre tantas quinquilharias, as mais valiosas eram protegidas por um imenso baú de madeira maciça, trancado com um cadeado de ferrete que, mesmo diante de minhas infindáveis tentativas, permanecia intacto.

O pai se foi num dia qualquer, sem nenhum espetáculo do universo em despedida. Durante o velório, uma senhora insistia, pregava de forma orgulhosa, que, quando a mãe faleceu na década passada, não houve cidade no estado que permaneceu imune às tempestades. "O céu chorou naquela tarde de outubro." Já por papai, somente algumas lágrimas da minha mãe, que mais pareciam de rancor do que de tristeza.

Lembro-me bem da sensação de piedade que senti ao entender que o silêncio travado em vida, agora se faria perpétuo.

O pai não era rico, mas nos deixou a casa de alto padrão, onde viveríamos mamãe e eu. Alguns imóveis de menor valor, já arrendados, que nos serviriam de sustento, o que trazia certa tranquilidade, já que minha mãe nunca trabalhara durante os anos que estiveram casados; e eu, aos catorze anos, ainda era jovem demais para iniciar um ofício, senão os estudos.

Quando eu não estava no colégio, enfiava--me no sótão e de lá só saía após os gritos irritados da minha mãe para acompanhá-la no jantar.

A cada descoberta que fazia no antiquário deixado por papai, era como se pudesse conhecê--lo, de modo que nunca, em vida, ele houvesse permitido. Tinha gosto por bonecos articulados, que me horrorizavam à princípio, mas logo se fizeram costumeiros com as suas formas esquisitas e olhos esbugalhados.

Muitas cartas espalhadas entre as prateleiras, todas manuscritas com sua caligrafia arredondada, típica dos homens e mulheres que se debruçam em devoção às letras. Correspondências jamais remetidas, como se o ato de as escrever bastasse para que o ímpeto da saudade fosse apaziguado em seus momentos de assombro.

Incontáveis livros. De todos, uma coleção em específico me despertava maior interesse. Eram livros de capa dura, amarronzadas, escritas pelo mesmo autor. Nome esquisito, talvez ilegítimo. Um pseudônimo, ao certo: Quintanilha Albuquerque.

Iniciei a leitura do menos extenso no primeiro dia das férias escolares.

E, em pouco tempo, nada mais me gananciava, senão me aventurar junto a Plínio e Sousa, protagonistas da obra, que narrava a adolescência de dois rapazes em uma cidade pequena no interior de Portugal.

Meu pai era nascido em Coimbra, veio para o Brasil com dezoito anos, e pouco depois, conheceu minha mãe. Logo casou-se por conveniência, fez-lhe o filho, que sou eu, e permaneceu calado por todos os anos que se seguiram, deixando evidente o contragosto pelo enlace.

Minha mãe queria ter tido mais filhos, mas meu pai foi firme na decisão de não os ter, fadando-a assim à insatisfação de uma casa vazia e as lacunas que preenchiam todos os cômodos da grande residência. Exceto o sótão; este era sempre cheio de sentimentos e sorrisos extravagantes dados pelo pai quando lá permanecia por horas, contemplando espectros e relendo seus velhos calhamaços.

Tornei-me íntimo do meu pai. Não da lembrança de sua presença viva e oca, mas de um pai que, quando jovem, desbravou o mundo. Encantou uma cidade inteira com marionetes articuladas por cordas, com as quais criava universos para crianças e adultos sorrirem.

Foi absorvendo suas cartas que percebi que eram, em verdade, páginas de um diário. Um caderno de memórias que não foi esquecido por descuido ou acaso, mas sim, deixado ali, propositalmente, na intenção de que nossos muros fossem rompidos.

Precisei de alguns anos para entender que Quintanilha Albuquerque era a figura no retrato, imponente em seu traje branco de linho fino, reinando majestoso no sótão de minha casa por tanto tempo.

Após inúmeras releituras de sua obra, percebi que suas histórias e aventuras falavam, na maioria das vezes, sobre o amor possível entre dois homens de um vilarejo lusíada.

Meu pai foi um homem que amou outro homem de tal forma, que construiu dentro da própria casa um universo à parte onde pudessem se encontrar e viver de maneira legítima o que sentiram.

Em minha infância, cobicei por muitas vezes abrir o baú de segredos de meu pai, mas não o fiz. E quando pude, sendo homem e forte suficiente para desbravar todos os mistérios que ali estavam guardados, comprei um cadeado de aço, tranquei a porta e fiz aquilo que a mim cabia ser feito. Desejei que, enfim, fossem felizes, respeitando o solo que, ao ser tocado pelo amor, torna-se sagrado.

BIS IN IDEM

Fica parada do outro lado da rua por muito tempo. Omissa ao sol que lhe queima a pele, tornando-a o centro das atenções indesejadas; algumas pessoas riem, enquanto outras desviam seus trajetos, por medo ou nojo.

Eu permaneço distante, prestando atenção aos detalhes que impunham tal fragilidade e estranheza.

Descalça. Como em sonhos enlouquecidos, nos quais se entra em lugares impróprios sem portar nos pés um par de sapatos que imponham, minimamente, teor de credibilidade.

Cabelos despenteados e a ausência dos óculos. Uma camisola surrada, que não cobre nada mais do que o necessário. Talvez, se fosse dois palmos para baixo, pouparia a vergonha que escorre entre as pernas. A urina desce fazendo um rastro na calçada, que tão logo é evaporada pelo chão duro e quente.

Lembrei-me da vez de quando eu ainda era menino. Na sala de aula, como tudo que pode te envergonhar publicamente, aconteceu de forma repentina, uma vontade incontrolável de fazer xixi.

A professora disse, impaciente:

— Agora não. Daqui a pouco é o intervalo e você vai.

A calça molhava vagarosamente, como se eu pudesse, controlando o fluxo, impedir que todos ouvissem quando o líquido escorresse pela cadeira, ecoando seu som pelo solo. A piedade nos olhos da única pessoa que podia ter impedido o infortúnio não amenizou minha tragédia, nem os gritos que vinham de todos os lados da classe.

Agora é meio-dia na autopista mais movimentada da metrópole. E se acaso eu fechar os olhos, posso sentir no corpo todas as suas dores. Imóvel, incomodada pelo calor e pelo mijo que gruda as peles moles entre as pernas. Começa a se despir, tirando primeiro a calcinha de pano ralo, molhada. Joga centímetros adiante dos próprios pés. Depois, como quem pare uma criança amada, ela recolhe o trapo e se põe a ninar a veste íntima, feito um filho legítimo, perdido no tempo e ali encontrado.

Horário de almoço. Prédios jurídicos, com aglomerados de engravatados e saltos altos em movimentos quase cronometrados, percorrendo as calçadas da movimentada região de São Paulo.

A garota nova do escritório me sorri, aguardando que eu a leve para almoçar em qualquer restaurante supervalorizado da avenida. Meu chefe fala de prazos e peças. Jurisprudência. Termos que fazem com que aquele que os reproduz se sinta imponente. Aparentemente, por qualquer que seja a utopia, mais digno que o vendedor de balas na porta do edifício, ou que o rapaz cujo nome ninguém sabe, prostrado dia após dia na recepção do prédio com suas dezenas de blocos subdivididos. Esquecendo-se da podridão e debilidade inerente ao corpo, que defeca o alimento que ingere, horas depois, com cheiro pútrido. Ou que come putas que se deitam com dez homens por dia... E são com elas que atingem o ápice do prazer e paixão oculta, fingindo nunca terem experimentado o sabor da própria porra.

Desejam ser mais e negligenciam a insanidade que acomete aquela que perdeu um filho, ainda criança, atropelado na volta do colégio.

Simulam soberania diante da senhora louca, nua na calçada, a embalar a cria imaginária no calor de 37°, sem se compadecer de que essa é a mãe de alguém, que poderia ser a mãe de qualquer um, mas é a minha.

Então, ao final do expediente, retiro do meu corpo a sofisticada camisa de seda na cor vinho e estendo sobre suas dores, levando-a de volta para casa.

O CLUBE DO LIVRO

No retrato, o pai sorria comigo nos braços.

Sorria e me olhava nos olhos como quem prometesse algo em silêncio.

Um tratado, que devia ser só nosso.

Um segredo, que mamãe jamais poderia saber, pois caso soubesse, não entenderia.

Toda quinta-feira era dia de reunião. Minha mãe, a líder do que ela chamava, quando ninguém podia ouvir, de acolhimento. Que se resumia em meia dúzia de mulheres reunidas na área externa da nossa casa para falar de suas experiências traumáticas ao lado de maridos, ex-maridos, namorados e companheiros, em níveis diversos.

Tomavam chá e falavam sobre coisas que filhos não devem ouvir. Por isso, ficávamos alguns metros adiante, fingindo não escutar nada. Eram muitas crianças e eu odiava estar entre elas.

Talvez com adultos funcione bem desatar sofrimentos e violências de modo coletivo. Com as crianças, era como se todas as nossas vergonhas fossem expostas em um iluminado palanque, numa disputa miserável de dores.

Tinha o garoto comprido e pálido, filho de Cristina Flores, que parecia estar sempre perto de ter um desmaio ou algo parecido. Olhos arregalados, espiando perigos imaginários. Ele mexia os lábios devagar, falando para dentro. Negociando minutos de paz com algum monstro que parecia viver às voltas de sua cabeça.

A pequena Melissa, entre todas, é a única da qual, ainda hoje, me recordo o nome. Um ano e cinco meses, sendo assim, a mais jovem das crianças que se reuniam, compulsoriamente, uma vez a cada semana, para encenar descontração, enquanto ouvíamos, sobre as desordens mentais, agressividade e atos libidinosos de nossos genitores, detalhados em confissões por nossas mães, que se mantinham sempre atrás de uma fina cortina amarela.

Os encontros eram, disfarçadamente, intitulados como "O Clube do livro".

Eu cuidava da Melissa e daqueles que fossem menores que eu. Naquela época não entendia o motivo de ser dada a mim tal responsabilidade, sendo que eu também era criança pequena, quase tanto quanto eles.

Com o passar do tempo, entendi que eu era uma espécie de mãe, mesmo sendo menina de apenas dez anos de idade. Era feita para ser, e por mais que não soubesse ou quisesse exercer tal função, essa era inerente do que eu era em nascimento. A maternidade é compulsória quando se nasce mulher, acontece desde antes que se possa compreender tais coisas. Portanto, aos dez anos, é a menina que fica de olho nas crianças para que elas não se machuquem, não sintam fome, sede, ou morram por algum descuido.

"Dá a chupeta pra ela, Mariana!"

Eu dou e ela grita ainda mais forte.

Minha mãe me olha torto pela fresta do tecido e eu me apresso em solucionar o problema. Levanto a blusa e enfio o peito na boca da criança, que chupa forte o mamilo pequeno, rente à pele.

Minha mãe não vê, mas a criança se cala.

Eu sinto medo ao pensar no que farei depois, caso aconteça, de começar a se fazer leite em mim.

Um dos meninos se aproxima, talvez queira também embebedar-se do alimento, que acredito estar a saciar a fome de Melissa. Ele olha, curioso, nada diz, e volta a brincar com seu Capitão América de brinquedo com o escudo de uma parte só. A outra deve ter sido quebrada, esquecida no corredor da pediatria ou comida aos poucos nas diversas crises de ansiedade, ignorada por todos.

...

— Acredita que eu o peguei no flagra, enquanto batia uma punheta, assistindo pornografia na tela do celular, no banheiro dos fundos?

— O pai do meu filho não consegue aceitar que ele seja diferente. Diz que estou transformando o menino num viadinho. Bate forte quando o vê falando sozinho. É nessa que eu perco a cabeça e entro na frente, daí acabo apanhando em seu lugar.

— O pai da Melissa é um bom pai. Só não gosta dos meninos do meu primeiro casamento. Quando ele vem, eu os mando para a casa da minha mãe. Eles passam os finais de semana por lá. Vão emburrados, mas depois se acostumam e até gostam. Acho que é melhor assim.

...

E estes são os mesmos meninos violentos que batiam nas outras crianças. Inclusive em mim. Batiam para expurgar o ódio que sentiam de terem que ir para a casa da avó. Por não terem direito de permanecer junto com a irmã, e ter uma vida em família.

No final de cada reunião do clube do livro, elas choravam e se abraçavam. Prometiam umas às outras que deixariam seus companheiros. Aquela, em definitivo, seria a última vez.

Todas sabiam o que precisava ser feito. Toda semana, por muitos anos, elas saberiam de novo.

As crianças não se despediam. Nem se olhavam na hora de partir.

Uma competição de quem estava mais fodida. E no olhar de cada uma, pendia a aposta de qual de nós ia morrer primeiro; o menino autista que apanhava durante as crises ou os irmãos que não podiam ficar em casa durante as visitas do pai da irmã caçula. Talvez o garoto que comia plástico enquanto a mãe dele contava que o pai a queimou com ferro de passar roupas na noite passada. Fez isso por ela ter se recusado a trepar com ele bêbado na frente dos filhos.

Ao final da noite, quando mamãe ia fazer suas anotações e arquivamentos, eu entrava e sentava-me no colo do meu pai, que fumava o décimo cigarro da noite, na varanda de casa.

A varanda era seu lugar preferido, segundo ele, era ventilada e tinha vista para as laranjeiras, que foram plantadas há décadas pelo meu avô.

O pai encaixava-me no meio de suas pernas e fazia de mim uma boneca de pano, a qual ele sacudia e apertava, só parando quando dele, em mim, saía leite. Eu sentia ânsia, e ele tapava a minha boca com uma das suas mãos e chorava enquanto repetia baixinho:

— Eu sou um doente, minha filha. Por favor, me perdoe.

MÈRE AUX YEUX MARINS

Estranho como toda pessoa de olhos claros parece sempre estar a um instante do choro. Os azuis são sempre os mais encharcados. Sofridos e tristes.

Tia Cida era assim. Sempre com o choro estampado na cara, e, ainda nos momentos de alegria, uma lágrima parava-lhe na face.

Herdei de tia Cida a cor dos olhos e o coração. Sempre apaixonado.

Fazia a melhor comida e dava os melhores presentes. Engraçada e gentil com todos. Uma mãe perfeita, apesar de nunca ter sido.

Estávamos na década de 80, e homens e mulheres pareciam nascer e viver para exercer uma pragmática construção familiar. Um emprego medíocre e estável em consonância com um relacionamento morno — duas ou três amantes pelo trajeto. Jovens casais exibiam pelas ruas fileiras de crianças; quatro, cinco ou mais filhos. Depois morriam com a felicidade manuscrita num jazigo de mármore: "pai e mãe amados".

— Queria ter florido mais e trazido ao mundo uma dezena de filhos — dizia tia Cida, melancólica.

Sabida de que sua matéria fora esculpida delicadamente em formato de mãe, mas por algum descuido divino, seu útero se fez infértil.

Um dia minha mãe disse, quando pensou não estar sendo ouvida:

— Cida é seca como uma árvore velha.

E tia Cida, atrás da porta, ouvindo tudo. Chorou um rio. Um mar inteiro naquela tarde. Quis morrer, depois me beijou e disse que podíamos viver para sempre. Decretou que arrumaria um bom trabalho e quando as coisas melhorassem, ia se mudar para a França, pois achava a fala daquele povo bonita.

Eu torci para que ela não conseguisse o emprego de babá na casa de família rica no centro da cidade. Claro que ela conseguiu e as coisas melhoraram, porque, percebendo suas aptidões maternas, a patroa fazia de tudo para agradar tia Cida, que estando satisfeita com o bom salário, não se mudou para a França e, para minha satisfação, continuou a fazer panquecas de doce de leite para uma dezena de sobrinhos que se juntavam à sua volta a cada visita.

Certa vez, numa esperada manhã de domingo — dia sagrado, no qual todos os filhos e netos se reuniam na casa da minha avó —, percebemos a ausência. Tia Cida agora dormia no trabalho e só folgava uma vez a cada quinzena, fazendo com que os finais de semana perdessem a sensação de abraço.

Quando ela estava, ficava sempre tão cansada que já não conseguia brincar de jogos de adivinhação ou corrida maluca. Aos poucos, ela também parou de fazer seus preparos na cozinha, permanecendo por horas sentada no sofá externo da antiga moradia. Vez ou outra, era possível ver os olhos azuis alagando até transbordar. Todo mundo viu, mas ninguém quis estar perto quando a tia Cida se tornou a mulher triste que chorava a falta de tempo e de sono, a ausência dos filhos que nunca teve.

Fui eu o único a lhe preparar chá quente e torradas queimadas, na tentativa de aliviar tantas lacunas.

Houve vezes em que os olhos da tia ficaram esbranquiçados. Como se a cor, tão bonita e empática, estivesse se esvaindo. Feito como se, assim fosse possível, tanta lágrima fizesse escorrer o azul.

— Pedro, acho que já tenho dinheiro suficiente para me mudar para a França.

— Se você for, me leva com você, tia Cida?

Ela sorriu, o que mal parecia ser um sorriso, porque não se via barulho de felicidade. Disse que não podia. Que seria sequestro, caso me levasse junto. E eu implorei pelo crime. Não por não amar minha mãe, mas sim, por amar demais tia Cida.

Pouco antes do final daquele ano, ela partiu para realizar seu sonho de morar na França.

E eu nunca mais fui feliz por completo. Deixei de ser criança e quando me percebi virando homem, pude sentir que a sua partida me quebrou por dentro, num espaço onde guardamos o que temos de mais sagrado.

A distância não nos impediu o estreito contato. Mandava-me frequentes cartas, nas quais me falava sobre sua vida, seus amores e esperanças.

Chamava-me de filho. *Mon cher fils.*

Eu a chamava de Oceano. *Mère aux yeux marins.*

Desse modo, alimentávamos a saudade, tornando-a suportável ao coração.

Em meados do ano de 2010, recebi uma carta, que seria também a última. Um amigo da minha tia, talvez um namorado, pela intimidade e carinho com os quais se referia a ela, contava-me da doença repentina. Um tumor maligno no útero que lhe tirou a vitalidade e tudo que havia de brilho nela.

Na tentativa de consolo, ele afirmava a rapidez com que a enfermidade retirou sua vida.

— *Il n'y avait pas de temps pour souffrir.* "Não houve tempo para sofrer" — dizia, desconhecendo o mar que deságua continuamente e a inerente passividade que olhos azuis possuem de estarem sempre a um instante da inevitável asfixia.

A ÚLTIMA MÚSICA

Existia uma caixinha de música no batente da janela do quarto de minha mãe. Sua matéria-prima era o ferro envelhecido e ferrugem nos quatro cantos. Destilava uma melodia fina e melancólica. Uma canção de saudade, perda e esquecimento. Em seu centro, a bailarina valsava imune às fragilidades às quais fora exposta durante tantos anos. Bailava com seu traje delicado e suas formas harmoniosas. Imponente por ter vencido o tempo. Nenhuma linha de deflagração sobre a pele.

Uma caixa de música, no batente, pela qual me apaixonei um dia.

Roubei numa visita rápida de domingo. Sem nenhuma piedade do que seria dos olhos de minha mãe quando não a visse mais ali, seu mausoléu de amor não correspondido.

Roubei por vingança e medo.

Vingança, por ter sido ela a razão da falta dos calorosos aplausos em minhas apresentações quinzenais de balé. Mamãe nunca estava lá para se levantar da poltrona ao final de tudo, numa demonstração de orgulho tolo, como faziam as outras mães.

No entanto, passava horas a vigiar os passos de sua adorada manequim de lastro velho, numa admiração incondicional, infame e desleal para com uma garota de nove anos.

Medo de nunca ser a filha amada. De crescer e envelhecer sendo a sombra de uma boneca insossa. Morrer cheia de carnes adoecidas pela falta de uma conversa no final do dia.

Inútil, permanecia a caixinha de música no batente. Existindo, ainda que em si não coubesse nada, só mesmo a triste canção que enchia o peito da minha mãe de dor; que transbordava até o quarto onde eu dormia e ensaiava os passos do próximo concerto ao qual, mais uma vez, ela não iria.

Por isso, a roubei num domingo à tarde, em uma visita de cordialidade.

Eu, agora crescida, mulher com mais de trinta anos, vivendo ciclos de dores tão iguais aos da minha mãe. Necessitando mais do que ela de uma companhia com o coração eterno.

Ela não viu o momento do crime. Estava ocupada demais sendo avó de meus filhos. Coloquei na bolsa a tiracolo e levei comigo, sem remorsos ou arrependimentos, acelerando a despedida.

Existia uma caixinha de música no batente da janela do quarto da minha mãe. E agora que já não existe, não se ousa dizer nada a respeito do sumiço.

Aceitou o castigo e o martirizou no peito mudo. Sem qualquer questionamento.

Hoje, o telefone tocou. Era meu pai: "Fizeram de tudo, mas foi fulminante".

Sentei-me para não sucumbir à queda.

Escutei o ruído vindo da soleira do batente do meu quarto. O choro explícito. A dor roubada e sentida dentro de um coração feito para não sentir nada.

A caixinha de música no batente da janela já não cantava há mais de um ano suas notas tristes.

Hoje, soberana, cantou uma melodia fúnebre. E eu me inclinei em respeito ao seu pranto.

SE TIVER SORTE, HÁ DE VIRAR SEREIA

Ouvi falar de uma menina que se jogou no mar durante as comemorações de carnaval do último ano. Fez sem intenção de voltar. Usava jeans e camiseta polo bege com o logo do *fast-food* onde atendia de terça a domingo. Folgava às segundas. E nas segundas, ela visitava a mãe e o pai na cidade vizinha. Levava bolo de cenoura com cobertura de chocolate e refrigerante para o lanche da tarde. Brincava com o cachorro e depois voltava quando já era noitinha.

No outro dia, entrava às oito da manhã e saía às vinte e duas. Mentia para a família que tinha ganhado bolsa na faculdade e que o primeiro semestre é o mais difícil, por isso a correria.

O chefe pedia que ficasse até mais tarde e lambia a boca quando ela falava que não podia. As outras meninas faziam hora extra no escritório e saíam com 15% de bonificação e a calça manchada do gozo do cretino.

A menina se jogou ao mar diante da praia lotada. Os foliões em êxtase de amor, sexo e alegria não viram a hora que ela andou, andou, andou até sumir nas águas, virando retrato que se cola em poste com os dizeres de desaparecida.

O chefe fingiu que não via, que não sabia de nada. E nem reconhecia os mesmos olhos da menina na cara da mãe que ficou esperando quarenta e cinco minutos até ser atendida.

Explicou, esmorecida, que a filha não vinha havia mais de quinze dias. E ele se fez de desentendido, mas publicou como abandono de emprego no Diário Oficial da manhã seguinte.

Os moradores dos quartos vizinhos da quitinete não sabiam nada sobre a ausência repentina da menina.

Mas uma moça disse que sabia que a garota namorava um menino preto da favela.

— Deve tá com o namorado. É preto. Da favela.

A mãe foi na favela e ninguém tinha visto a filha.

— Tem cabelos enrolados, baixa, magrinha.

— Vi não, senhora.

— Olha bem a foto, tem certeza de que não viu?

Alguns dizem boa sorte. E tem gente com a cara de pau de querer catequizar mãe de filha sumida. Como se mãe de filha sumida tivesse tempo pra isso.

Essas horas nem tem mais filha. É só comida de peixe ou corpo morto, inchado, preso em alguma ilha de pedra no meio da aguaria.

Mas a mãe, desconhecendo o aborrecimento que a filha carregava no peito nos últimos dias, continuou a busca.

— Olha direitinho. Tem cabelo comprido enrolado...

A menina se jogou no mar, bem no dia ímpar do carnaval. No anterior, trabalhou até mais tarde.

Ela, que não fazia hora extra, naquela noite fez. Teve que fazer, pois o gás acabou e amanhã já seria segunda. Tinha que comprar bolo de cenoura com cobertura de chocolate e refrigerante para o café da tarde. Pegar dois ônibus para ir e dois para vir da visita que fazia aos pais.

A menina, a estas horas, já era dada como desaparecida, o namorado sendo investigado como principal suspeito. A mãe nem sabia de namorado. E ficou sabendo que na faculdade não tinha aluna de primeiro semestre com nome de Ana Augusta.

A mãe se desesperou e andou por dez quilômetros sem rumo. Pensou como ia fazer com uma vida toda sem ter a Ana. Como faz para viver sem filha? Nenhuma mãe sabe.

A menina saiu do escritório com o dinheiro contado e uma mancha de gozo no bolso traseiro da calça. Teve dó do namorado. Achou ser traição. Depois, não quis achar mais nada.

Pensou em ir para casa e se banhar primeiro, mas o mar estava tão bonito.

Um moço a rodopiou pelas mãos, e ela dançou uma única dança com os pés descalços na areia.

Aquela gente toda em festa, nem percebeu tamanha tristeza.

Aquele oceano imenso.

Ela, de calça jeans e tudo.

100 GRAMAS DE SONHOS

Nos anos 90, toda criança queria viajar para a Disney, mas só criança rica podia ir. Criança pobre sonhava com aquilo por muitos anos, até perceber que já não se era tão criança assim para insistir em vontade boba de ver gente adulta vestida de personagem infantil.

Na escola, em dia de redação, a professora falava que era para escrever sobre o maior sonho, aquele lá de dentro do coração.

Alguns meninos falavam que queriam ser jogadores de futebol, feito o Ronaldinho Gaúcho, ser famoso feito ele, com dinheiro e carro do ano.

Eu queria ir para a Disney, mas falei que queria ser o Mickey. Todo mundo riu, até a professora, porque achou muita bobagem menino já meio grande querendo ser rato gigante.

Depois disso, nunca mais quis falar de sonhos. Entregava a redação em branco e tirava zero na nota de mentira. A redação não servia para validar o boletim. Só para causar constrangimentos em parte dos alunos quando eram obrigados a ler sobre sua intimidade, ainda intocada.

A Cristina Inácio escreveu que seria artista, não falou qual tipo, mas criança sempre pensa que ser artista é ser protagonista de novela. Ela falou que queria e eu até imaginei que ela tinha mesmo cara de atriz de sucesso. Se conseguisse mesmo ser, um dia eu ia dizer, orgulhoso, que estudei com ela, e assim, ela ia se lembrar de mim e me deixar tirar foto abraçado. Depois ia me apresentar para os outros artistas e ficar feliz por me rever.

Todo mundo pareceu acreditar no sonho da Cris, porque ela tinha aquele rosto bem branco com a parte das bochechas rosadas. O cabelo liso na altura da cintura e os olhos clarinhos, meio verdes, meio amarelos quando ela olhava para o sol.

Quanto ao sonho da Amanda, que era tão igual ao da Cristina Inácio, ninguém deu importância. E eu pensei, mas despensei rápido, por medo de ser pecado. É porque a Amanda tem aquele rosto bem gordo, igual ao resto do corpo, o cabelo de trancinhas encostados na cabeça e uma boca com dois dentes cariados bem na frente do sorriso.

No ano seguinte, a Amanda, igual a mim, não teve sonho na redação. Entregou em branco. Não tem mais o sonho de ser atriz e nem coragem de ouvir as risadas dos garotos.

Turma de escola pública dentro da favela, cresce vendo a vida do outro esticar ou encolher bem de perto.

Acaba o ensino médio e no ano que segue, começa um desfile de tudo que poderia ser e não é. Ou até é, se tiver sorte. Tem muita gente que vai até para a faculdade. Faz Marketing, Pedagogia. Se ganhar bolsa, até Direito faz. Vira doutor sem doutorado. Vai cuidar de fazer justiça e um bom futuro. Enquanto tem aquele que nem justiça e futuro chegará a ter. Feito o Laerte, que morreu numa valeta, e nem vinte anos tinha. Ficou lá jogado, até chegar o IML, que só apareceu na manhã seguinte. A dona Isaura chorou tanto que parecia que ia morrer junto com o filho.

A Cris parece que virou mesmo artista. Não de novela, mas de uma casa que tem na Rua Augusta. Ela dança à noite, e depois cobra duzentas pilas para transar com os clientes. Se eu tivesse esse dinheiro sobrando acho que pagava. Pagaria só para poder perguntar dos sonhos e levar o panfleto que recebi na entrada da favela, que diz que tem um curso de teatro não muito longe da vila.

Amanhã é meu primeiro dia no emprego novo. Trabalhar de panfleteiro numa ótica do Centro.

A mãe faz a marmita; tem arroz, ovo e farinha de milho com bacon. Passa a camiseta polo que o pai usava quando era vivo e saía para procurar trabalho. Ela guardou porque era tecido dos bons. Fica grande nas mangas, mas ela fala que é social e precisa ir bonito no primeiro dia.

Serve-me de nada a camisa passada no vinco. Assim que eu entro, a moça do balcão me entrega um pacote inchado. Diz que é o uniforme e que é obrigatório. Aponta com as mãos os fundos da loja, diz ser o vestiário.

Abro a sacola e lá está uma fantasia de pano felpudo, que eu devo usar num calor de quase quarenta. Antes que eu entenda, me olho no espelho e me vejo vestido de sonho. Orelhas grandes e redondas, smoking preto e vermelho. Com a costura torta e malfeita, um rabo descolado e o cheiro forte de suor de algum outro garoto, que vestiu aquela mesma ilusão algumas semanas antes.

ELVIRA

Dona Elvira tinha esse nome de mulher magra e elegante. E assim era em sua infinitude. Sempre sofisticada em seus modos, roupas alinhadas e vocabulário extenso e rebuscado. De fineza e gentilezas impecáveis.

Cuidou de mim desde o nascimento até a entrada da adolescência. Depois fez o mesmo com meu irmão do meio e tentou, sem êxito, concluir o ofício também com o caçula. Mas antes que ele completasse seis anos de idade, Elvira foi acometida por um mal avassalador.

Certo dia, chegou em casa pela manhã, quando o sol nem havia nascido. Colocou Daniel de pé, o banhou e o aprontou com as vestimentas do colégio. Como fazia de costume, ligou o carro, ajeitou o menino na cadeira, afunilou o cinto de segurança com cuidado e partiu em direção à escola.

Uma hora depois, mamãe acordou, estranhando toda aquela movimentação, incomum nos finais de semana.

— Dona Elvira, o que faz aqui, minha

querida? Hoje é domingo, a senhora não trabalha aos domingos.

Elvira emudeceu.

Em pouquíssimos minutos, todos deram pela falta do pequeno Daniel e se atentaram para a gravidade do ocorrido. Mesmo diante do silêncio de nossa tutora, não demorou para que se percebessem os indícios do equívoco.

Papai ligou o carro e correu junto à mamãe para o colégio, que, evidentemente, estava fechado.

Daniel aguardava, sonolento e solitário, pela abertura dos portões da entrada lateral, estagnado, mochila nas costas e uniforme, com suas pequenas mãos no bolso, como fazia ao sentir-se inseguro.

Ensandecida, mamãe voltou para casa. Disse coisas duras para dona Elvira, que chorou na frente de todos, como nunca havia feito antes. E sem cogitar defesa ou qualquer que fosse o argumento, se calou. Depois pegou a bolsa de couro branco, companheira dos finos figurinos diários, e partiu da nossa casa com a cabeça baixa e a dignidade despedaçada.

Na semana seguinte, com sua pontualidade britânica, lá estava ela. Carinhosa e cuidadosa com Daniel. Pediu desculpas sem dizer nada. Fez, com um beijo na testa, a entrega de um pequeno embrulho em papel prateado. Dentro dele, uma peça rara, há muito desejada por meu irmão, adepto, precocemente, a infindáveis e caras coleções de miniaturas de carros esportivos.

Mamãe se aproximou enquanto ela penteava os cabelos do menino. Elvira certificava-se, atenta, que nem um fio escapasse ao creme perfumado, que emoldurava as madeixas do meu irmão, deixando-o a cara de um garoto vindo do século XV.

Minha mãe se sentou para observar o cuidado e toda dedicação que as mãos de Elvira exerciam naquele fazer de amor.

Os olhos de ambas se cruzaram por um instante e Elvira apontou para as chaves sobre o móvel ao lado da cama.

— Não sei se a senhora prefere levá-lo com o seu veículo, caso contrário, as chaves da *van* estão ali, sobre a mesa de cabeceira.

— Eu o levarei na *van*, Elvira. Fique à vontade e se precisar de algo, me ligue. Estarei por perto.

E ao longo dos dias que se seguiram, ela precisou de muitas coisas, por muitas vezes.

No início, eram acontecimentos espaçados e até mesmo irrelevantes, diante da sabida fragilidade e incapacidade de se lembrar de pequenas coisas. Contudo, em pouquíssimo tempo, os esquecimentos pareciam aumentar num compasso descontrolado e devastador. Como quando despejou de casa nossos dois gatos de estimação, alegando serem animais selvagens vindos da rua, a sujar os carpetes. Eram gatos persas e nunca mais os vimos. Ou no mês em que Daniel engordou quatro quilos por estar almoçando e jantando duas vezes ao dia.

Também se esqueceu, vagarosamente, de cada nome dos que moravam naquela casa.

Dona Elvira não tinha filhos e nem parentes vivos. Havia nós e seu orgulho em ser a melhor cuidadora de crianças de toda a região. Na década passada, famílias do bairro estavam dispostas a pagar fortunas para tê-la por perto como babá de seus filhos. Ela negou todas as propostas para permanecer junto aos seus meninos, que agora ela desconhecia o cheiro, as qualidades e defeitos.

Éramos somente cascas de cores equivalentes perante aquilo que lhe roubou a memória e a firmeza das mãos. Aos poucos, vimos toda vida se esvaindo da mente e do corpo de Elvira, e quando a vida se faz vulnerável e debilmente líquida é que sentimos com maior virilidade o desejo de segurá-la firme pelas mãos.

Virou retrato em moldura de prata, pendurado na galeria exposta na parede, de frente às escadas da grande casa, numa memória atemporal de generosidade e graça do signo de seu nome. Elvira.

AFOGADOS

Minha irmã me tirou do mar com um só de seus braços finos enlaçado em meu pescoço. Usava o outro como um remo em contragolpe às ondas que vinham e insistiam em nos levar para dentro de seu gigantesco corpo.

Depois do afogamento, Lilian me odiou para sempre, tornando-se incapaz de me olhar com serenidade e descanso. Agia como se o incidente e tudo o que acontecera durante os oito minutos em que estivemos naufragados tivessem lhe tirado, por definitivo, a paz dos dias.

Tia Lica disse firme enquanto se afastava:

— Crianças, não vão para longe! Vou pegar uma água e já estou de volta.

E a água, que já nos alcançava a cintura, aproveitando a ausência de um qualquer que fosse capaz de puxar-nos de volta diante do assombro, nos engoliu de forma repentina. Primeiro a mim, depois a Lilian, que era tão criança quanto eu.

Antes de tudo, o desespero.

Os pés que não encontravam o chão ou uma areia segura o bastante para que fincássemos nela nossas vontades. O ar saindo e o gosto de sal na ponta da língua, invadindo todas as nossas partes.

Diante de um afogamento, não existe um único pensamento que subtraia o de se querer viver. O medo de morrer dói mais que a própria morte.

E neste período suspenso, entre a vida e a morte, há um único instante, que talvez seja o dedo de Deus deslizando sobre nossa face. Um momento no qual você passa a entender sobre vazios. Entrega-se os pontos e vai se esquecendo daquilo que se abandona em seus dias.

Neste instante, e tão só nele, você pode abrir os olhos para ver o mar por dentro. E todas as suas almas.

Almas que reinam amnésicas dos que ficam. Dos entes que não acharam os corpos de seus amados. Ou aqueles que ainda buscam entre ilhas e rochedos distantes.

Alguns garotos me sorriam. Entre eles, reconheci o rosto do menino sumido há muitos dias, com sua fotografia impressa em cartazes colados nos postes da cidade, com os dizeres: DESAPARECIDO.

Se eu conseguisse chegar só um pouco mais perto... Um pouco que fosse..., falaria da falta, da mãe que implora sua volta. Mas neste momento, senti a mão que me agarrava por trás.

Reconheci o toque. Debati meu corpo e o peso dos membros em agitação era quase capaz de trazê-la novamente para o fundo. Mas ela insistia, usava de toda sua força. Usava de todo o seu amor e me levava para cima. O ar em colisão com a água que saía pela minha boca. Ela teimava, me queria vivo. Ainda que eu viesse a me tornar sua lembrança mais doída.

Comprimia forte meu peito com as mãos. Em seguida, alguém soprava ar quente em minha boca. E eu devolvi goles de fluido salgado.

Ela me olhava com angústia e desespero. Com a mágoa de quem teve que se salvar sozinha para olhar de novo o irmão nos olhos.

HISTÓRIAS PARA SE VIVER MAIS

O café tem cheiro de vida.
De vida de mãe e de pai juntos na varanda.
As crianças da casa acordam prontas para viver. Recebem o chocolate quente e o pão dourado na manteiga. Comem enquanto pensam na brincadeira a seguir. E o mundo é do tamanho do quintal. E o quintal nem é tão grande assim.
A mãe estende a roupa limpa no varal e o pai sai para trabalhar. Ela varre a casa e a gente sobe no pé de goiabeira que está carregado de fruta cheia de bichos. E se come o bicho e a goiaba quase numa bocada só.
Mal se pisca os olhos e o almoço fica pronto. E tem ovo. Tem arroz e tem farinha branca com feijão de corda misturados. "Farofa", diz mamãe.
E eu estou com quase sete, e com sete se vai para a escola. Igual o primo Alfredo, que já está indo e me faz inveja mostrando as canetinhas de todas as cores.
O pai chega e traz jabuticaba e a gente se senta na poeira do chão de cinzas, ouve histórias

de lobisomem e de mulas sem cabeça, que nos tiram o sono, mas permanecemos ali, fingindo não sentir medo, pois quem sente medo é fraco, e o fraco vira café com leite no pique-esconde.

Dá para ser feliz pela vida inteira se você viver ali naquele espaço em que te cabe. O barulho da risada de minha mãe vindo dos fundos. Ela sorri porque acredita que viveremos para sempre. Por não saber sobre fins e sobre meios.

Até que o senhor Valdemar bate forte na porta por três vezes seguidas e depois grita:

— Guiomar... Oh, Guiomar!

Ela abre e ouve, depois entra e chora. Diz que o pai caiu do andaime da construção da obra...

Agora não tem mais pai.

Tem um velório na capela da cidade depois de um dia e meio.

O pai lá, estirado, sem ter cara de pai.

E a mãe tem cara de tristeza e de casca, porque ficou vazia. E nem lembra da matrícula na escola. Perde um ano, dois. Até que o conselho vem e avisa que tem que mandar as crianças para a escola, e ela manda e fica olhando pela janela os passarinhos que comem as goiabas podres.

A mãe ficou meio avoada depois que o pai deixou de existir.

Dá vontade de crescer logo para saber o que falar para tirar a tristeza que agora mora com a gente, e até dorme no mesmo quarto.

Tem nota 4 no boletim e a mãe dá parabéns, porque ensinar dá mais trabalho do que dar beijo de boa-noite antes das sete.

E o beijo de boa-noite é tão bom... E ela nem sabe, pois está ocupada demais sendo viúva. E a gente, que perdeu o pai, perde a mãe também durante muito tempo.

Até a Beatriz cair da árvore e quebrar a perna.

Nesse dia, não sei se pelo barulho do grito de dor ou pela tristeza que ver a caçula no chão causa em coração de mãe; ela voltou.

Correu com sua menina de pernas finas nas costas e nem viu que o hospital era longe; correu e enganou o tempo de tão rápido que chegou.

Ficou no corredor da emergência até o médico dar alta e dizer que a sua menina ia ficar bem.

Em casa, fez sopa quente e contou histórias que fazem promessas para que os filhos durmam e vivam mais.

A CASA DOS OUTROS

"Puta miserável."

A mãe gritava alto com voz de ódio e rancor.

Peguei a mochila e fui andando pelas ruas. Um punhado de dinheiro embolado na mão, dinheiro que o pai deu quando me viu sair pela porta. Deu escondido, porque se a mãe visse, tomava.

Era minha mãe quem mandava em tudo naquela casa. Por todos os anos, nunca vi meu pai empunhar decisão sobre o que por ela fosse dito, mesmo a contragosto, sempre foi dela a palavra final.

Comprei uma garrafinha de água. E depois pensei que devia ter pedido um copo da torneira. O dono do bar foi simpático. Se eu pedisse, teria dado, e eu economizado sobre o pouco que levava.

— Está para nascer?

— Sim, senhor.

— Então não pode caminhar carregando esse peso nas costas. Está indo pra onde?

— Estou procurando casa para alugar. Que seja barata. É só para mim e a menina.

— Mas vai pagar como o aluguel?

— Tenho pouco dinheiro, quase nada. Mas quando nascer a criança eu vou trabalhar e pagarei tudo certinho.

Falou que tinha um cômodo com banheiro nos fundos, mobiliado; quatrocentos reais por mês, com água inclusa.

Aceitei pelo cansaço. As pernas já inchadas e a gestação de quase nove meses não me permitiriam andar muito.

Entrei e me deitei na cama de colchão murcho. O lençol encardido e um travesseiro feito de restos de tecidos. O sono que vem depois da exaustão é despretensioso.

Dormi por várias horas, acordando já na beirada da noite, sentindo fome e tristeza. Fui em busca de algo para saciar a menina que parecia subir pela boca do estômago a reivindicar algo de comer.

O bar, ainda aberto.

Perguntei o valor da comida. O prato que fosse mais em conta.

Ele mandou que me sentasse e me serviu de arroz, feijão e frango frito. Uma comida ressecada pelas horas. E eu digeri com rapidez e ganância. Fui pagar, mas ele não aceitou. Disse que eu poderia comer toda noite a comida que sobrasse sem nenhum custo. Essa teria por destino os cães de rua, mas era preferível alimentar gente, se assim fosse por escolher.

Parecia um bom homem. Mas todos parecem.

O pai da menina parecia um bom homem. Falou de se casar e morar na roça. Eu não queria morar na roça, mas bem queria me casar para sair da casa da minha mãe.

Depois que peguei barriga, o pai da menina nunca mais veio. Sumiu, enquanto eu me tornava mãe solteira aos quinze anos.

A mãe não aceitou. Dizia que nunca mais homem nenhum ia me querer, com criança para criar. E que ela não queria saber de filho dos outros comendo a comida dos filhos dela.

Todo dia pela manhã ela perguntava quando eu iria embora.

E eu, sem saber para onde ir, silenciava.

Naquela manhã, acordou com o diabo no corpo. Eu comi uma única bolacha que estava sobre a mesa, e ela viu.

— Quem comeu a bolacha das crianças?

Eu, engolindo rápido, tentando esconder a imprudência de dentro da boca.

Deu-me dois tapas fortes nas costas e gritou, ensandecida, para que eu sumisse de sua casa. Tentei a quietude em um canto que me coubesse, mas nenhum lugar me cabia com aquela barriga imensa.

Então, eu parti. Disse adeus às meninas, que ficaram me olhando sem entender sobre mães que mandam filhos para longe com voz rouca:

— Suma! Puta miserável.

Eu pensei que desaparecer da frente de uma mãe raivosa fosse o caminho mais fácil para se viver em paz, contudo, todo santo dia eu permanecia a ouvi-la a me enxotar de sua vida.

O seu Cristóvão tinha esse nome, que lembra muito o nome de Cristo. E ele comprou uma sacola com roupas para a menina, também fraldas e até uma boneca de cara feia, a qual fiz questão de amar.

Ele trouxe álcool, lençóis e fronhas limpas. Sabia ser pai, ou avô, ou humano. Sabia sentir quando a hora se aproxima.

Não demorou muitos dias para que a dor viesse.

Veio na madrugada e eu aguentei firme até que o dia amanhecesse.

Amanheceu e eu me levantei devagar. Peguei a reserva de dinheiro que havia separado para quando chegasse o momento do parto.

Ao abrir a porta, seu Cristóvão já me esperava. Ouviu de sua casa os gemidos que o frio da madrugada não conseguiu conter. Me amparou e me acompanhou até o hospital mais próximo. Permaneceu até a menina nascer. Assinou a internação e colocou seu telefone como contato de emergência. Voltou no outro dia para nos levar para casa.

E a casa agora tinha um choro fino e imponente reinando sobre suas paredes. Era casa dos outros, mas era tão minha e da menina que, em certo momento, pensei que talvez pudéssemos viver ali para sempre.

Eu nunca mais vi a mãe. E ainda penso nos olhinhos das minhas irmãs que ficaram. O pai omisso e a casa que nunca irá conhecer o cheiro e o rosto da menina a quem dei nome de flor.

ESTE LADO PARA CIMA

Não dá para ver daqui, mas se eu fechar os olhos, eu lembro.

A Daniela ficava girando, girando, e eu gostava de ver quando ela segurava a barra da saia com as mãos, parecendo um passarinho que estava a um triz de voar. Fazia nos corredores do colégio e as professoras sorriam com os olhos, fingindo não gostar.

No fim das aulas, íamos para a rua atrás da escola e a Dani cobrava dez contos de cada menino pelo trabalho. Os garotos faziam fila para ganhar um beijo na boca. Sem língua. Eu recolhia o dinheiro e depois ficava assistindo a alegria de cada um, ao sair dali beijado pela menina mais bonita do colégio. Não era preciso pedir segredo. Tinham vergonha de terem de pagar pelo beijo.

A maioria dos meninos que pagavam pelo serviço eram os *nerds*, os feios e os estranhos.

O expediente sempre foi rápido, cerca de 15 minutos por dia eram mais que suficientes para que a Dani atendesse uma média de dez garotos. Muitos deles, recorrentes na busca. Chegavam a ir três ou quatro vezes na mesma semana. Quase um relacionamento; contudo, pago.

Era eu a responsável pela contabilidade do empreendimento. Recebia 30% do faturamento. Eu ia de graça se ela pedisse, mas ela nunca pediu. Sempre me entregou, rigorosamente, o que me era cabido na remuneração diária. E junto ao dinheiro me entregava o beijo que nenhum deles tinha. A Dani enfiava sua língua mole, doce e quente dentro da minha boca, e eu derretia.

E assim mantivemos nossa amizade, amor e parceria, até chegar o último semestre do ensino médio.

Naquele período, logo após as férias, eu adoeci e tive que ficar muitos dias afastada do regime escolar.

A Dani me mandava mensagens noturnas, nas quais dizia sentir saudades. E eu pensava que ia morrer, tamanha paixão que eu sentia.

Na minha volta, a Dani disse que, em exceção, naquele dia, não ia precisar de meus serviços. Escolheu outra garota e a ela distribuiu o que a mim era fracionado em doses de empatia.

Sofri, como se de mim fosse retirado um órgão de valor necessário. Não como uma vesícula ou parte do baço, que mesmo em falta, em poucos dias te permitem andar por aí. Mas como uma parte do pulmão direito. Por isso, respirar ficou tão difícil naqueles dias.

Uma semana depois, uma tragédia fez com que a escola parecesse estar muda. Muita gente desconhecida circulando pelos corredores e os professores agitados, repetindo que devíamos voltar para casa.

— Andem, andem... Hoje não tem aula! Aguardem, que faremos comunicados.

Havia um movimento maior e uma faixa de isolamento na praça de alimentação. Alguns policiais e pessoas com roupas de resgate cercavam o que parecia ser uma grande caixa de madeira. Daquelas de paletes que vemos em grandes supermercados.

Eu reconhecia a caixa. Era a mesma que a Dani usava para se sentar enquanto atendia aos garotos carentes e de timidez excludente.

Tentei chegar mais perto, mas fui impedida por um dos bombeiros. Corri para o mezanino que, por descuido, permanecia sem restrições de acesso, e lá de cima eu pude ver como se moldava, visto de longe, o que havia na caixa, que estava com sua tampa entreaberta.

Um braço de mulher pendia para fora do caixote.

Como puderam alterar a posição do corpo? Antes, estava perfeito, emoldurado nos espaços do compensado para que Dani permanecesse confortável em seu adeus. Se tivessem ao menos lido o que indicava na parte superior do engradado. Mas não... Deixar a fragilidade da pele assim, tão exposta? A morte lacrada não cria traumas em garotas colegiais ou meninos medíocres que pagam para serem beijados.

Dani, naquele momento, provavelmente já estava morta. Ninguém vigia corpo vivo. Se houvesse um fio de vida dentro do recinto, alguém estaria sobre ele, espremendo o tórax em compressão. Quebrando as costelas da garota numa tentativa inútil de devolvê-la à vida depois de tantas perfurações. 24 no total.

Logo, todo o colégio fora interditado. Os mais insistentes em permanecer no local do crime foram enviados para casa com um aviso aos responsáveis.

Na mesma noite, a imprensa noticiou o assassinato de Daniela Almeida, de 17 anos. A garota fora morta por inúmeros golpes do que, suspeitavam ser um objeto de lança, como uma faca. Depois, colocada em um caixote de madeira. A investigação apontava para um crime passional. Não havendo indícios de estupro.

A polícia investigou por anos e nunca encontraram um mísero culpado. O que não é surpreendente, diante de terem sido incapazes de seguir a regra de uma indicação em vermelho-vivo sobre a caixa:

Este lado para cima.

FATORES DE EMERGÊNCIA

— Mãe, compra pra mim a boneca que fala, come e mija?

— Tem que ser um brinquedo mais barato, essa boneca está muito cara e eu não tenho dinheiro.

— Nem no cartão? No cartão roxinho não tem mais dinheiro pra comprar a boneca?

— Tem dinheiro no banco, mas é só para emergências.

— Aniversário não é emergência?

— Não. Aniversário é festa. Emergência é ficar doente, comprar blusa de frio no inverno e remédio que não tem no postinho da UBS.

Levou para casa uma boneca de plástico duro que não falava, nem comia e nem mijava.

A menina, segurando pelos meios do brinquedo, sem sentir amor ou alegria.

No dia do aniversário, bem que podia abrir uma exceção e usar o cartão de crédito. Parcelar em quatro vezes, assim, nem entra juros. E a menina passaria o dia de aniversário satisfeita.

Limpou o suor da testa para ver se também limpava o remorso. Dia de aniversário e nem bolo de festa tinha... Nem bexigas coloridas, convidados e família.

"Para a menina, tudo! Nada!"

Nem a boneca, nem bolo. Mas fez hambúrguer e comprou refrigerante. Assistiram "Meu amigo Totoro". E a menina gostava tanto de Totoro que esqueceu a boneca. Deitou-se no ombro da mãe com a barriguinha estufada de comer tudo que não podia comer, mas a mãe deixou para compensar o aniversário sem festa.

Dormiu e depois acordou, a mãe lavando a louça da festa que não teve.

— Mãe, no aniversário do ano que vem, pode ter a boneca que fala, come e mija?

— Esquece essa boneca, menina!

E a menina foi se deitar na cama tentando esquecer.

A mãe deu beijo de boa-noite e disse que a amava, mas duvidou de seu próprio amor. Porque quem ama tira do banco a reserva de emergência e compra a alegria de filho pelo menos no dia do aniversário. Ou usa o cartão. Parcela em seis vezes. Deixa entrar juros... Foda-se.

A mãe não dormiu. Passou a noite toda chorando e olhando o sono inquieto da filha.

Uma hora dessas e a loja, certamente, já devia estar fechada, mas amanhã cedo... Amanhã cedo não ia ter emergência maior que o sorriso da menina ao acordar e ver a boneca deitada do lado.

DESPEJO

Se o pai soubesse que problema de dinheiro era fácil assim de se resolver, não ia ter chorado tanto ontem, nem hoje e nem amanhã.

A mãe tinha feito macarronada com carne moída e contado histórias de amor de mentira pra gente dormir.

Ontem parecia tão difícil quando ele chorou e disse baixo, que só a mãe podia ouvir:

— Se não pagar pelo menos um mês, ele vai nos despejar.

A mãe respondeu:

— Compra comida, os meninos estão com fome. Pega o dinheiro e compra comida.

E o pai foi no mercado, e até manteiga para comer no pão ele trouxe. Depois passou a noite numa tristeza de dar pena, mas bem podia era estar feliz... Logo agora, que descobriu que quando se deve a alguém e o dinheiro é bem pouco, é só não pagar. Compra comida de mercado e pronto. Era tão simples, que nem sei por que ele não tinha pensado nisso antes.

Após o jantar, o pai disse:

PORÉM, A MALA SEMPRE ESTEVE PRONTA 133

— Ele vai nos despejar na próxima se-gunda-feira.

E eu pensando: como se despeja gente? Porque o guaraná no copo, basta inclinar o bico da garrafa e ele se derrama fazendo espuma. Com gente, deve ser diferente. Não cabe gente num copo. Nem meu irmão, que é de colo, cabe em caneco de guaraná.

E sendo hoje ainda sábado, temos dois dias de histórias e comida de mercado. Na segunda, o seu Antunes despeja a gente em algum lugar. Mas para que se preocupar? O lugar pode ser bom e úmido, igual areia de praia, e ter sofá de mola que não machuca a bunda com as madeiras que estão soltas, *feito* as daqui.

Ainda nem dava para saber. Afinal, e se despejar for algo confortável e com cheiro bom? Com o Guga foi quase isso. A não ser pelo cheiro.

O Guga morava com a sua família na casa ao lado, e depois que eles foram despejados de vez, passaram a viver numa cabana na beira do rio Tietê. Cabana de lona preta e umas madeiras que fincavam o tecido na terra. Digo despejados de vez, pois foram três tentativas até que, finalmente, o despejo foi bem-sucedido.

Na primeira vez, o Guga passou mal e desmaiou quando colocou o pé na caçamba do carro. Seu Antunes gritou umas palavras de braveza e deixou que eles ficassem mais uns dias, até o menino estar curado.

Na segunda tentativa, por muito azar, Guga caiu da caminhonete em movimento, ficando com a cara toda amassada e as pernas na carne viva. Dessa vez, seu Antunes não gritou, mas falou que o culpado foi o menino, que devia ter se segurado mais firme. Depois deu quase dois meses de moradia de graça até o Guga melhorar da cara e das pernas.

Só na terceira vez que, por fim, tiveram o sucesso esperado. O seu Antunes levou as tralhas na caminhonete, contudo, para levar a família, chamou um táxi.

Nunca mais vi o Guga, mas sei que morava por ali, nas beiradas do rio. Meu pai viu e contou, com a fala cheia de dor.

— O pessoal aí do lado está morando lá nas beiradas do rio.

— Pai, o Guga mora em qual das casas?

— Em qualquer uma, filho. São todas iguais.

Minha mãe passou todo o domingo colocando as roupas em sacos de estopa. Foi a vizinha que deu, junto de um abraço tão triste que nem parecia abraço. Tudo que se tinha coube em três sacos esvaziados de farinha. E eu achei bonitos os sacos cheios de roupa encostados numa parede do nosso quarto, que também era sala e cozinha.

Deve ser como se faz quando se vai viajar. Eu nunca viajei, mas acredito que é assim.

Quando chegou o amanhã, o pai não conseguia parar de chorar. E eu, ansioso pela hora que o seu Antunes viria, provavelmente usando aquele carro bem grande, no qual carregava os móveis de pessoas que moravam uns meses na vizinhança, enquanto serviam de ajudantes nas obras do seu Antunes pela cidade. Quando acabava a obra, partiam, despejados. Agora era nossa vez. Nos levaria na caçamba e nos despejaria em nosso novo lugar.

Chegou já era bem tarde, quase noite. Naquela hora do dia que quando se olha para o céu ele fica da cor lilás.

O seu Antunes perguntou uma coisa qualquer para o meu pai, que respondeu sem dizer nada, só balançando a cabeça, como quem não tivesse voz para falar.

Com as mãos tremendo, o pai colocou as sacas de roupa e alimentos na caçamba da velha caminhonete. Seu Antunes, de braços cruzados, só olhava, enquanto resmungava alguma coisa.

De nós, a mãe foi a primeira a subir com o mano dormindo nos seus braços. Depois eu, e por último, o pai.

Seu Antunes dirigia tão rápido que, às vezes, eu segurava firme na beirada, com medo de cair e bater forte o rosto na brita do acostamento e estragar a cara, igual foi com o Guga. E à medida que ele acelerava o carro, comecei a achar que talvez o despejar não fosse coisa assim tão boa quanto eu pensava.

A mãe disse para o pai que queria descer, que não confiava no homem.

O pai falou baixo e embolado, com vergonha de dizer:

— Acalma. Ele vai nos levar para um albergue. Amanhã cedo, a gente decide o que se há de fazer.

E eu pensando que albergue era qualquer coisa que tivesse a ver com rio ou águas que enchem casas de lama suja. Sem saber o porquê de pensar, foi neste pensamento que tudo fez mais sentido. Seu Antunes, por certo, em sua malvadeza, nos despejaria em águas paradas. Um albergue que flutuaria com a gente sem rumo.

Por isso tanta lamentação!

Não pensei duas vezes: na curva que se seguiu, me joguei do carro em movimento, mesmo sabendo que ele corria muito mais do que devia. A cara raspando no asfalto, o braço com o osso aparecendo e a mãe deixando o mano cair dos braços, tamanho o desespero.

Duas fraturas. Uma delas, exposta.

Os cinco meses vindouros do aluguel, perdoados diante da queda e da condição de não acionarmos a polícia.

Do lado de cá, a gente aprende bem cedo o significado das coisas.

Despejar
verbo transitivo
Desobstruir; desembaraçar, desocupar: despejar o lixo das ruas.
Entornar, verter; vazar:
Obrigar alguém a deixar a casa, o local de residência: despejar pessoas.

Esta obra contou com o apoio do Governo do Estado de São Paulo, por
meio da Secretaria da Cultura, Economia e Indústria Criativas e o
Programa de Ação Cultural – ProAC (Edital 18/2023), foi composta em
Minion Pro e impressa em papel Pólen Bold 90 g/m², em junho de 2024.